Monika Siejka

Star Wars

Un mythe universel

En couverture : casque stylisé des *stormtroopers*
© &™ Lucasfilm Ltd. Tous droits réservés.

© Science-eBook, Novembre 2017
http://www.science-ebook.com
ISBN 978-2-37743-007-9

INFORMATION

Ce livre est un ouvrage non officiel à but informationnel et éducatif. Science eBook ainsi que son auteur ne sont en aucun cas liés à Lucasfilm Ltd., Walt Disney, ou Twentieth Century Fox. Le site officiel Star Wars peut être consulté à l'adresse :

www.starwars.com

Tous les avis émis dans ce livre sont ceux de l'auteur et non d'une quelconque tierce partie. Toutes les éventuelles images utilisées dans ce livre proviennent des médias de communication disponibles et retouchées par l'auteur de manière à illustrer ses propos.

Lucasfilm, le logo Star Wars et tous les personnages, noms et autres concepts liés aux films Star Wars sont des marques déposées et propriétés de Lucasfilm Ltd. Tous droits réservés. Toutes les autres marques, tous les produits ou services cités sont la propriété de leur ayants droits respectifs.

FAIR USE NOTICE

Table

« D'un bout à l'autre du monde habité et de tout temps, toutes les circonstances de la vie de l'homme ont été prétexte à la floraison des mythes et ce sont eux qui ont été la source vive d'inspiration de tout ce que l'esprit humain a pu produire. Il ne serait pas exagéré de dire que le mythe est l'ouverture secrète par laquelle les énergies inépuisables du cosmos se déversent dans les entreprises créatrices de l'homme. Les religions, les philosophies, les arts, les formes sociales de l'homme primitif et historique, les principales découvertes de la science et de la technologie, les rêves mêmes qui troublent le sommeil proviennent du cercle magique et fondamental du mythe. »
Joseph Campbell, *Le Héros aux mille et un visages*, *Prologue*.

« La victoire au combat ne tient pas à l'importance de l'armée, mais à la force qui vient du Ciel. »
La Bible, *Livre des Maccabées*, 3, 18-19.

« Les intrigues ne sont qu'un artifice permettant d'articuler des thèmes », répondait George Lucas à une personne qui lui faisait observer que *THX 1138*
– sa première « réalité immaculée » –
est le plus métaphorique de tous ses films.
Marcus Hearn, *Le cinéma de George Lucas*.

Avant-propos

Contrairement à nombre d'illustres auteurs qui se bousculent sur le sujet, je ne suis absolument pas, à l'origine, une fan de *Star Wars*.

La bonne nouvelle est que je n'éprouve aucune nostalgie pour « la première fois », ce grand moment qui a bouleversé une vie de jeune *padawan* dans une grande salle de cinéma à l'époque. Les affiches n'éveillent aucun frisson adolescent, je trouve toujours la tenue pyjama des *Jedi* peu seyante. Quitte à faire dans le moine, je préfère les Templiers, les Samouraïs, les Shaolins ou la tenue de Kwaï Chang Caine, le héros de *Kung Fu*. Il reste certes le bikini de la Princesse Leia...

Il a fallu me trainer en effet, en 1977, pour voir le premier opus que j'ai regardé avec condescendance. Il en est allé de même pour les deux opus suivants. Au vu du succès de la trilogie, je la considérais du point de vue sociologique.

Plus tard, ce fut une nouvelle fois le cas pour faire plaisir à mes fils, tout en maugréant sur le budget que j'ai dû consacrer aux objets dérivés pour leur faire plaisir. Ah... ce fichu Faucon Millenium !

La « prélogie » me semblait bavarde, mais toujours intéressante d'un point de vue sociologique, notamment du point de vue des polémiques qu'elle soulevait.

Aujourd'hui... j'aime *Star Wars* exactement pour toutes les raisons évoquées ci-dessus. Je l'étudie avec beaucoup de plaisir et de curiosité, mais sans aveuglement, sans fantasme déçu ni nostalgie. Elle est devenue un mythe universel qui parle du monde contemporain, qui nous parle comme un véritable mythe du héros. Ce livre a pour objet essentiel d'étudier les éléments qui ont construit ce mythe universel.

Comment ne pas s'interroger en effet sur le succès planétaire de *Star Wars* ? Comment ne pas se poser la question de la nature de ce phénomène ?

Les chiffres parlent d'eux-mêmes, bien sûr, mais l'attachement à la saga est bien plus révélateur. C'est « plus qu'un film ». Il est vrai que la déclinaison de l'univers en figurines, jouets, bandes dessinées, romans, conventions a fait perdurer celui-ci bien au-delà de la « simple vision » des films. L'univers s'est répandu dans le quotidien des spectateurs, il alimenté le choix des cadeaux de Noël ou d'anniversaire. Le Faucon Millenium, le fameux vaisseau d'Han Solo, a envahi les chambres d'enfants et d'adolescents. C'est en effet bien plus qu'un film.

Loin de nous l'idée de sous-estimer la puissance de la mise en place sur le plan du marketing d'une franchise structurée et efficace au niveau mondial. George Lucas y a veillé scrupuleusement.

Néanmoins ce sont des outils au service d'un succès, ils n'ont pas généré le succès. D'autres franchises, tout aussi bien organisées certainement, n'ont pas suscité un tel engouement.

Mais comment alors ne pas se poser la question de la force des communautés de fans ? La poursuite de cette force, de génération en génération, jusqu'à l'attente et les controverses quasi hystériques pendant les semaines précédents la sortie mondiale du tant attendu 7e opus : *Le Réveil de la Force*. À l'issue de l'épisode VI pourtant – *Le Retour du Jedi* – on avait presque l'impression que la Force s'était endormie. Elle semblait tranquille et en équilibre.

Dès lors, de façon légitime, on peut confronter la saga à la construction d'un mythe. Le rapprochement n'est pas fortuit : George Lucas ne cache pas son admiration pour les leçons de Joseph Campbell. Ce dernier, notamment avec la publication du *Héros au mille et un visages* et de *La Puissance du Héros* a exercé une aura proche de celle d'un gourou.

Son approche du héros, très érudite, traverse les

différentes cultures et les religions en postulant le fait que ces expressions, ces mythes, si différents peuvent-ils sembler l'être sur la formulation, se rejoignent sur une même construction, un « monomythe » qui est celui du héros. Celui-ci comprend des phases qui, bien que racontées avec des différences, scandent les mêmes étapes et se font écho. Il s'agit des étapes suivantes qui sont celles de l'aventure du héros : (1) le départ, (2) l'initiation et (3) le retour. Elles s'articulent sur les clés et donnent lieu à une lecture cosmogonique qui comprend les émanations (l'un et le multiple par exemple, la création et ses forces), la naissance virginale, les transformations du héros (ainsi le héros-guerrier, le héros-tyran, le héros-rédempteur du monde) et les dissolutions du cosmos. Le monomythe est universel.

Le mythe du héros est fondateur. Il est fondateur de notre rapport au pouvoir, à la justice et à l'injustice, aux dieux et aux forces supérieures, à nos parents également. La saga répond à ces critères et c'est en ceci qu'elle se pose en mythe universel.

Notre champ de réflexion n'abordera pas les mondes étendus, bien qu'ils soient loin d'être dénués d'intérêt au regard des développements apportés à l'imaginaire des personnages. Elle n'abordera pas non plus la nouvelle trilogie orchestrée par Disney qui ressemble plus à l'exploitation d'une licence lucrative qu'à la poursuite d'un mythe. Nous nous focaliserons sur le « canon », la saga cinématographique dirigée par George Lucas.

Sur le plan des traductions des noms des personnages, nous garderons les noms originaux et non les traductions françaises qui trahissent fréquemment les sources étymologiques. Nous parlerons de Darth Vader et non de Dark Vader, de Han Solo et non de Yann Solo et rappelons que *Star Wars* ne signifie pas « La Guerre des Étoiles », mais « Les Guerres de l'Étoile ».

À tous ceux qui pensent que l'on en fait trop dire au film, c'est qu'ils sont rivés à une lecture fictionnelle passive qui ignore à quel point le lecteur, le spectateur participe à la construction et la réception du personnage et du récit. À tous ceux-là, nous rappellerons que *Sherlock Holmes* a dépassé Conan Doyle. La même question a été posée par le travail effectué dans *Matrix, machine philosophique* et nous ne pouvons qu'en reprendre la réponse (Badiou 2004) : « À ceux qui soupçonnent cette lecture philosophique de *Matrix* de faire dire plus au film qu'il ne dit effectivement, et donc de l'instrumentaliser d'une autre manière en lui conférant une dignité qu'il n'a pas, il n'y a pas de meilleure réponse à donner que celle-ci : l'opération de branchement doit être évaluée à ce qu'elle produit, en donnant aux choses une nouvelle découpe. »

Les constructions scénaristiques sont d'autant plus riches qu'elles s'articulent de façon plus ou moins explicite sur les mythes qui résonnent en nous tous, quels que soient nos parcours et nos cultures.

Notre approche sera thématique afin d'être plus facile à lire, voire « séquençable ». En effet, si les thématiques se répondent, comme dans tout mythe, il y a plusieurs façons de l'aborder, plusieurs regards qui se complètent. Ainsi, on peut étudier la guerre de Troie du point de vue des conflits politiques, des luttes de pouvoir entre les dieux, des rois grecs et troyens, des héros, des filiations, des prédestinations (Pâris), de l'opposition entre la ruse et la force, de l'amour, des armes et des machines, du traitement des morts, etc. Il en va de même pour *Star Wars*.

Nous aborderons une grille de lecture qui relève de celle du mythe, sans prétendre être exhaustive, car les mythes ressemblent à des poupées russes. Ils puisent leur force dans un imaginaire collectif en s'inspirant les uns des autres, relayant, déformant et pourtant toujours fidèles dans les archétypes définis par Freud et Jung notamment.

Dans le premier chapitre, nous commencerons par l'univers fictionnel de *Star Wars*. Puis, dans le chapitre 2, nous continuerons, notre chemin en abordant la question de la filiation qui est au cœur de la saga. La filiation est porteuse de la promesse du héros, de l'élu. De la Force à Anakin, sujet de la prélogie, d'Anakin à Luke – celui qui réalise la promesse, sujet de la Trilogie – de Luke à Darth Vader qui redevient Anakin. La filiation nous mène à Luke : le héros final, celui qui réalise le rêve de l'adolescent dans *Le Nouvel Espoir*, comme un Hamlet solaire qui venge la mort métaphorique de son père dans *L'Empire contre-attaque*, puis en le sauvant dans *Le Retour du Jedi*. Luke mène à la rédemption et au retour de l'équilibre de la Force. Dans le chapitre 3, nous entrerons dans les mythes qui sous-tendent l'aventure mythologique du héros en suivant le schéma de Joseph Campbell, soit la séparation du foyer porté par l'appel fait au héros, son parcours initiatique construit autour de la relation maître-disciple jusqu'au retour du héros. Nous verrons dans le chapitre 4 les influences complexes qui déterminent le champ de la Force : entre le *ki* et le Saint-Esprit. La figure du Mal et le côté obscur seront mis en miroir dans le chapitre 5. Le chapitre 6 portera ensuite sur le « dit » et le « non-dit » sur l'amour et le sexe, ce dernier étant le grand absent de la saga. La relation homme-machine sera traitée ensuite dans le chapitre 7. L'ambivalence du contexte politique, qui est loin d'être aussi manichéen qu'on pourrait le croire lors d'une première vision, sera traitée au chapitre 8. Mais *Star Wars*, c'est aussi un mythe cinématographique, nourri de références visuelles, graphiques et musicales jusqu'à devenir sa propre autoréférence, c'est ce que nous verrons au chapitre 9. Le chapitre 10 abordera brièvement le « post 16 décembre », la suite, ovationnée par les uns, critiquée par les autres, avec l'épisode VII *Le Réveil de la Force* qui débute une troisième trilogie entrecoupée d'autres films.

Nous conclurons alors cette étude, qui ne peut être que provisoire. En annexe, nous présenterons l'étymologie des noms et des prénoms des personnages et des lieux principaux. Un rappel de la biographie de Georges Lucas clôturera cet ouvrage en mettant en lumière le parcours du réalisateur au regard de la saga.

1

L'univers fictionnel de Star Wars

Du space-opera au space-fantasy

Star Wars ressort du domaine du « space-opera » qui représente un sous-genre de la science-fiction. Les définitions sont nombreuses et les frontières poreuses. Cependant, on peut reprendre les termes de Philip K. Dick pour dépeindre les grands traits de la science-fiction (Bettelheim 2008) : « C'est notre monde disloqué par un certain genre d'effort mental de l'auteur, c'est notre monde transformé en ce qu'il n'est pas ou pas encore. Ce monde doit se distinguer au moins d'une façon de celui qui nous est donné, et cette façon doit être suffisante pour permettre des événements qui ne peuvent se produire dans notre société – ou dans aucune société connue présente ou passée. Il doit y avoir une idée cohérente impliquée dans cette dislocation ; c'est-à-dire que la dislocation doit être conceptuelle, et non simplement triviale ou étrange – c'est là l'essence de la science-fiction, une dislocation conceptuelle dans la société en sorte qu'une nouvelle société est produite dans l'esprit de l'auteur, couchée sur le papier, et à partir du papier elle produit un choc convulsif dans l'esprit du lecteur, le choc produit par un trouble de la reconnaissance. Il sait qu'il ne lit pas un texte sur le monde véritable. »

Dans ce cadre s'inscrivent les sous-genres suivants : la « hard science-fiction » qui propose une extrapolation qui se veut crédible, comme dans les œuvres de Arthur C. Clarke, dont *2001 – L'odyssée de l'Espace* ; le « voyage dans le temps » comme dans *La Machine à explorer le Temps* de Herbert G.

Wells ; « l'uchronie » qui extrapole à partir d'un fait historique réel, comme dans *Le Maître du Haut-Château* de Philip K. Dick ; le « cyberpunk » qui parle de mondes post-apocalyptiques dominés par la technologie, comme dans *Matrix* de Lana et Andy Wachovsky ; le « space-opera » qui voyage dans les mondes interstellaires comme dans *Star Trek* de Gene Roddenberry ou les œuvres de Dan Simmons ; le « space-fantasy » qui ajoute au genre du space-opera les éléments magiques du conte propre à la fantasy ; le « planet-opera » qui parle d'exploration de planètes mystérieuses comme dans la trilogie d'*Helliconia* de Brian Aldiss.

Star Wars nous transporte dans les mondes imaginaires, celui « d'une galaxie lointaine » où la vraisemblance des lois physiques n'est pas prioritaire (Lecomte 2015). L'univers ne connaît pas le silence. Il n'y a pas d'apesanteur. Les vaisseaux spatiaux ont leurs réacteurs sans cesse allumés. Les sabres laser vrombissent, etc. Nous sommes bien dans un space-fantasy. On pourrait même ajouter que c'est un genre qui au vu de sa popularité se définit lui-même.

Conte ou mythe ?

« Il y a bien longtemps, dans une galaxie lointaine, très lointaine... » s'inscrit dans l'appel au conte à l'instar du « Il était une fois... » qui place le spectateur en position d'écoute enfantine. Le prologue permet aussi, tout comme dans un conte, de démarrer le récit, librement, comme l'auteur le souhaite, au cœur d'une scène d'action notamment.

Certes les mythes, tout comme les contes, s'adressent à nous de façon symbolique et répondent aux besoins idéaux de notre moi : l'accomplissement des désirs, la victoire sur les rivaux, la destruction des ennemis à travers des rites de passage et d'initiation.

Cependant, des différences notables existent, notamment sur le mode de narration. Le mythe présente des situations uniques, extraordinaires qui ne peuvent être maîtrisées par un mortel. L'exigence, souvent celle des dieux, dépasse nos capacités. Même si les situations dans les contes sont également peu probables, le héros du conte n'est pas un être exceptionnel (Bettelheim 2008) : « les faits les plus extraordinaires sont racontés comme des événements banals, quotidiens ». La majorité des personnages des contes n'ont d'ailleurs pas de nom. Enfin, la majorité des contes connaît une conclusion heureuse alors que celle du mythe est essentiellement tragique : « Cette différence souligne le contraste entre le pessimisme pénétrant des mythes et l'optimisme fondamental des contes de fées. »

De là à considérer que la trilogie de *Star Wars* (les épisodes IV, V et VI) relève du conte, alors que la « prélogie » (les épisodes I, II et III) relève du mythe, il n'y a qu'un pas que nous franchissons. *Star Wars* relève donc à la fois du conte et du mythe.

Saga ou série ?

D'origine islandaise, la saga est un genre littéraire développé dans l'Islande médiévale, aux XIIe et XIIIe siècles. Elle consiste en un récit historique qui construit en prose ou non, une fiction ou une légende.

De nos jours, le mot « saga » est repris dans le langage courant pour désigner un cycle romanesque, soit une suite d'aventures liées par des personnages et des lieux qui se déploie sur une longue durée en s'articulant sur des semaines, des mois, des années voire des dizaines d'années, comme dans *Star Wars*. L'évolution des personnages tisse la saga à travers leurs épreuves. La dimension des filiations y est présente. On parle d'épisode. Sur le plan littéraire, *Les Rougon Macquart* décrits par Émile Zola offre un bon exemple de saga, comprenant dix-neuf volumes qui relatent les fortunes et les débâcles des membres de cette famille.

En revanche, sur le plan cinématographique, le terme de « série » s'applique à une narration qui ne comprend pas ce déploiement linéaire et générationnel du ou des héros. On parle de la série des *James Bond*, des *Batman* ou des *Hellboy*. La série décline le héros. Nous insistons sur le domaine cinématographique, car cette distinction devient aujourd'hui beaucoup plus nuancée dans le domaine de la production télévisuelle avec une série-saga comme *Game of Thrones* par exemple.

Après-Avant-Après : le procédé du « prequel »

La lecture, la visualisation, la compréhension de *Star Wars* est complexe. En effet, la trilogie *Star Wars* qui commence en 1977 est suivie par la prélogie qui démarre avec *La Menace Fantôme* en 1999.

S'il plonge nombre de fans et de critiques, notamment ceux qui ont commencé leur aventure *Star Wars* en 1977, dans de multiples interrogations, tergiversations, critiques, voire de violents sentiments de trahison, il s'agit d'un procédé relativement classique.

C'est en effet une pratique largement utilisée en littérature. Rabelais écrit *Pantagruel* en 1532, qui est le fils de *Gargantua* en 1534. En 1849, Alexandre Dumas écrit pour le théâtre *La Jeunesse des Mousquetaires*, puis *Les Trois Mousquetaires* en 1844 et *Vingt Après* en 1845. La Comtesse de Ségur écrit, en 1858, *Les Petites Filles Modèles* puis *Les Malheurs de Sophie* alors que second récit précède le premier.

Au XXᵉ siècle, le cycle *Avant-Dune* a été écrit par le fils de Franck Herbert, Brian, assisté de Kevin J. Anderson après le Cycle de *Dune*, alors qu'il relate une histoire qui se déroule une trentaine d'années avant *Dune*. Clive S. Lewis écrit les romans du *Monde de Narnia* dans le désordre…

Le procédé est repris aussi bien dans la bande dessinée. Ainsi, *La Jeunesse de Corto Maltese* d'Hugo Pratt suit les autres albums. Il connaît une expansion pour les héros au cinéma. Les romans pour la jeunesse écrits par Shane Peacok, relatant la jeunesse de Sherlock Holmes aboutissent à un film avec *Le Secret de la Pyramide*, un film de Barry Levinson en 1985. Cette expansion de l'« avant », du « commencement », confine au systématisme pour d'innombrables héros (*Star Trek*, *Hannibal Lecter*, *Promotheus* pour *Alien*, la trilogie du

Hobbit, etc.) notamment pour les héros « marveliens » : *Batman begins*, *Gotham*, *X-Men*, etc.

Une machine mythologique

Avec *Star Wars*, nous nous trouvons face à une utilisation de mythes par fragments qui juxtaposent des éléments pris au cycle d'Arthur, aux mythes grecs et shakespeariens, mais également aux mythes bouddhistes. La saga organise une épopée de références en mosaïque.

À cette organisation se mêle celle des références cinématographiques sans jamais plagier, contrairement à ce qui a pu être dit parfois, notamment au moment de la sortie du premier opus, celui du *Nouvel Espoir* en 1977 (Chevalier 2012). Or il n'en est rien. Comme tout œuvre, *Star Wars* puise, rend hommage, parodie, voire pastiche, mais ne plagie pas, même si la frontière peut être parfois ténue.

Rappelons néanmoins la différence. La parodie consiste en un détournement d'une œuvre avec une volonté satirique. On peut considérer le fort décrié Jar Jar comme une volonté de parodie du chien Dingo de Disney. Le pastiche, quant à lui, consiste en l'imitation ou l'évocation du style d'un écrivain, d'un artiste ou d'une école sans qu'il y ait reproduction d'une œuvre particulière ni plagiat. C'est « un texte qui dérive d'un texte antérieur » dit Gérard Genette (Genette 1985). Ils sont nombreux dans *Star Wars*, à commencer par les évocations de l'œuvre de Kurosawa, notamment son film *La Forteresse cachée*, de l'œuvre de Franck Herbert, *Dune*, ou encore *Flash Gordon* d'Alex Raymond.

C'est de cette façon, par ce façonnage pour reprendre un terme de couture, que le mythe universel se construit. La saga « parle » à tout le monde et s'adresse à toutes les générations, ce qui explique également sa longévité.

Le thème principal est simple, très compréhensible : la force, le bien, le mal, la prophétie de l'élu, la liberté. Il est bien moins complexe que celui de *Matrix* par exemple, qui lui, pourtant, nous parle aussi de la prophétie de l'élu. *Matrix* combine, de façon fort subtile plusieurs niveaux de réalités,

Star Wars non. Mais les deux histoires reprennent le mythe universel de la caverne en nous proposant un héros qui trouve le moyen d'en sortir (Hearn 2005) : « Le thème principal est celui des contraintes que l'on s'impose à soi-même : nous nous laissons emprisonner dans des cages dont la porte n'est pas fermée à clé ; nous avons peur d'ouvrir cette porte et de nous échapper. »

L'impression de l'illusion est ressentie par Luke d'ailleurs lorsque celui-ci se pose pour la première fois sur la planète Dagobah dans *L'Empire contre-attaque* en compagnie de R2-D2 : « On se croirait dans un rêve… » lui dit-il. *Star Wars* est un mythe rêvé.

2

Le héros mythologique

Qui est le véritable héros ?

La question semble naïve, mais la réponse n'est pas si évidente, car il y a beaucoup de héros dans *Star Wars* selon les circonstances et les épisodes, ce qui permet au spectateur d'avoir ses préférences également. L'avantage en termes de bénéfice narratif n'est donc pas négligeable. C'est le propre du héros choral que l'on retrouve notamment dans les séries télévisées. Il en va ainsi de même dans *Star Trek* pour reprendre le monde de la science-fiction au sens large. Car il y a certes, sur le plan hiérarchique, le capitaine Kirk, mais d'autres lui préfèrent le vulcain Spock ou le médecin-chef McCoy.

Si l'on entend par héros le personnage principal, celui qui semble porter l'intrigue sur ses épaules, celui qui apparaît le plus souvent à l'écran, à l'instar de la fonction du héros dans le mythe, donc son omniprésence, tout spectateur serait tenté de nommer Anakin dans la prélogie et Luke dans la trilogie, en ménageant une place à part pour Darth Vader.

Ce type d'approche, quelque peu arithmétique, qui désigne le héros par sa présence effective dans le récit, son occupation de l'écran cinématographique, se heurte à des calculs sans fin. Car la puissance du héros est ailleurs. Elle irradie. Même absent, même hors écran, le héros est dans les pensées et les actes des autres personnages. Il est celui qui donne du sens à toutes les actions, que celles-ci soient positives ou négatives à son endroit. Il n'est pas forcément au sommet d'une hiérarchie, il est au centre de l'histoire comme le nombril du monde (Siejka 2015).

Cette approche permet de montrer que R2-D2, Han Solo, Princesse Leia, Yoda ou Obi-Wan Kenobi sont des personnages principaux, mais qu'ils ne sont pas des héros. Ce qui n'est pas stupéfiant, car le mythe ne tolère pas le héros choral. *Star Wars* construit un mythe. Par conséquent, il lui faut un héros personnifié.

Sans vouloir offusquer qui que ce soit, rappelons en effet qu'en dépit de Jean Baptiste et des apôtres, le Christ est une figure solitaire. Bouddha de même est seul, Mahomet également. Cela ne signifie pas que le héros soit isolé. Le héros est solitaire dans sa fonction, dans sa prédestination, mais il n'est pas isolé, car il est porteur d'espérance. La nuance est importante. Elle a déjà été mise en exergue chez les penseurs grecs. La solitude est métaphysique, intrinsèque au héros comme au penseur. Elle réside dans l'intériorité de la conscience. L'isolement relève du physique et du social. Les étymologies sont d'ailleurs bavardes à ce sujet : « solitaire » qui provient du latin *solitanus* et de *solus* qui signifie seul tandis qu'isolé renvoie à *insula* soit l'île.

Dès lors, de façon plus pertinente, on pourrait ensuite opposer, au sens propre comme au figuré, Anakin/Darth Vader à Luke pour répondre à la question. Mais la filiation rédemptrice résout la question. Il n'y a qu'un seul héros et il s'agit bien de Luke.

La prélogie, via Anakin, mène à la naissance de Luke qui occupe la trilogie jusqu'à la réconciliation finale et le retour à l'équilibre de la Force. George Lucas, dont le nom résonne en Luke, ne se projette-t-il pas en ce dernier ? On peut le supposer.

La filiation ne porte, par ailleurs, que sur les héros et non sur les personnages secondaires, même s'il s'agit d'Han Solo ou d'Obi Wan Kenobi. On peut le comprendre pour les *Jedi* qui renonceraient en quelque sorte à toute filiation autre que celle des maîtres et disciples de l'Ordre, celle-ci se substituant à la filiation parentale.

C'est plus étonnant pour Han Solo, dont on ne sait

quasiment rien sur ce plan au final. On connaît quelques-unes de ses aventures, notamment les malheureuses, puisque sa tête est mise à prix, mais de son passé personnel, rien. À ce titre, il rejoint son compagnon Chewbacca, les robots ou les autres créatures. Les filiations n'appartiennent qu'aux héros.

Les « mondes étendus » vont s'en emparer, certes, puis les autres films. Il n'en demeure pas moins que ce n'est pas du tout le cas dans le propos des six épisodes fondateurs.

Dans ce contexte où la filiation définit le héros, nous allons donc à présent étudier celle de Luke : Anakin et Padmé. Cette filiation présente des zones d'ombre et des partis pris fictionnels. La jumelle de Luke, Leia, fait écho à son jumeau, sans que cette dernière soit positionnée en figure héroïque de *Jedi*. Néanmoins, cette gémellaire filiation ne semble pas placer Leïa au même niveau hiérarchique que son illustre jumeau.

La filiation masculine du héros

Anakin est présenté comme un fils sans père. Sa mère, l'esclave Shmi Skywalker, se découvre enceinte sans avoir connu d'homme. Elle le dit à Qui-Gon lorsque celui-ci s'intéresse à Anakin. De façon surprenante, cette annonce ne soulève aucun étonnement chez le *Jedi*. C'est une information qu'il enregistre comme telle et les personnages passent au sujet suivant, à savoir Anakin est « prédestiné ».

Ceci nous ramène à la figure de la conception virginale voire de l'Immaculée Conception (qu'il ne faut pas confondre), mère annonciatrice du Messie. La conception virginale apparaît dans la doctrine biblique et coranique selon lesquelles Marie a conçu le Christ tout en restant vierge. L'évangile de Saint-Matthieu (1, 25) dit : « Mais il (soit Joseph, l'époux de Marie) ne la connut point jusqu'à ce qu'elle eût enfanté un fils, auquel il donna le nom de Jésus. »

Et Matthieu (1, 18) : « or avant qu'ils aient mené une vie commune, elle se trouva enceinte par le fait de l'Esprit-Saint. »

De même, chez Saint-Luc (1, 34) : « Mais Marie dit à l'ange : « Comment cela sera-t-il, puisque je ne connais pas d'homme ? »

Prolongeant la conception virginale, l'Immaculée Conception ne figure pas dans les textes canoniques. Elle est longtemps discutée et se nourrit de l'impossibilité de représenter la Mère du Christ entachée du péché originel. Ainsi l'énonce Saint-Augustin (354-430 après J.-C.) : « De la sainte Vierge Marie, pour l'honneur du Christ, je ne veux pas qu'il soit question lorsqu'il s'agit de péchés. Nous savons en effet qu'une grâce plus grande lui a été accordée pour vaincre de toutes parts le péché par cela même qu'elle a mérité de concevoir et d'enfanter celui dont il est certain qu'il n'eut aucun péché. »

Réaffirmée au Concile de Trente (1545-1563), elle devient un dogme catholique défini comme tel, soit la conception de la Vierge Marie dans le sein de sa mère, sans la marque du péché originel, par le Pape Pie IX dans la bulle *Ineffabilis Deus* le 8 décembre 1854 : « Nous déclarons, prononçons et définissons que la doctrine, qui tient que la bienheureuse Vierge Marie a été, au premier instant de sa conception par une grâce et une faveur singulière du Dieu tout-puissant, en vue des mérites de Jésus-Christ, Sauveur du genre humain, préservée intacte de toute souillure du péché originel, est une doctrine révélée de Dieu, et qu'ainsi elle doit être crue fermement, et constamment par tous les fidèles. »

La constitution dogmatique de Vatican II, *Lumen Gentium* (1964), précise qu'elle a été « rachetée de façon éminente en considération des mérites de son Fils » et que « indemne de toute tache de péché, ayant été pétrie par l'Esprit-Saint, [elle a été] formée comme une nouvelle créature. »

Si les origines d'Anakin ne vont pas aussi loin, on peut noter, néanmoins, qu'en dépit de la suite des événements, soit l'affranchissement et le mariage, la mère d'Anakin ne conçoit aucun autre enfant. Entièrement dévouée à son fils, dont elle devine la puissance, ballotée de maître en maître, elle ne s'oppose pas au départ de son fils avec Qui-Gon, après la victoire d'Anakin dans la course des modules dans *La Menace Fantôme*. Elle est persuadée du chemin qui attend ce dernier : « Ton chemin est tracé. Le choix n'appartient qu'à toi. »

Elle réapparait dans les cauchemars d'Anakin qui sont signalés dès le début de *L'Attaque des Clones*. Celui-ci part, mais trop tard, à sa recherche et la retrouve torturée, mourante, expirant dans ses bras. Cette scène émouvante n'est pas sans évoquer la figure iconographique de la sculpture et de la peinture chrétienne qui représente Marie en une *Mater Dolorosa* qui pleure son enfant, le Christ, en le tenant sur ses genoux. L'une des représentations les plus célèbres est la sculpture de Michel-Ange à la Basilique Saint-Pierre de Rome. Toutefois, la référence s'arrête là, car cette *pietà* « à l'envers » – puisque c'est la mère qui meurt dans les bras de son fils – suscite une colère terrible de ce dernier qui massacre la tribu responsable de son enlèvement et de sa torture. Le spectateur voit alors Anakin basculer dans cette rage et commencer le massacre, avant de revenir avec le corps de sa mère pour l'enterrer parmi ceux qui sont devenus les siens. Il avoue avoir même tué les femmes et les enfants à Padmé. Le sentiment d'impuissance éprouvé par Anakin face à ce qu'il considère comme une défaite personnelle, participe aux forces qui le conduiront vers le côté obscur de la Force.

Parallèlement à la naissance dans la blancheur immaculée de la salle d'accouchement des jumeaux, que sont Luke et Leia, le corps d'Anakin est en souffrance, brulé dans la lave, puis reconstitué en cyborg, mi-homme mi-machine : il devient Darth Vader. On pense inévitablement à la mise en mouvement saccadé, hiératique, de la créature du *Docteur Frankenstein* dans le film éponyme de James Whale en 1931. C'est un changement de filiation, puisque c'est Darth Sidious qui préside à cette naissance-là. Il devient mère et père d'Anakin, maître absolu de sa destinée du côté des forces obscures.

La mise en parallèle de ces deux formes de naissance et

de mort constitue des images saisissantes qui vont clore le dernier chapitre de *La Revanche des Sith*.

La filiation féminine du héros

Si la mère d'Anakin conçoit ce dernier de façon virginale et se sacrifie pour son fils, Padmé – épouse d'Anakin et mère des jumeaux Luke et Leia – obéit à un mythe différent, bien que son destin relève également du sacrifice au final.

Accouchée par des robots sages-femmes, dans une curieuse naissance protégée et aseptisée, Padmé donne la vie et refuse de vivre juste après avoir nommé les jumeaux et répété une dernière fois à Obi-Wan qu'il y a du bien au fond d'Anakin. L'enterrement du corps de Padmé, royal, couvert de fleurs et exhibant le mensonge nécessaire de son accouchement dans une pureté quasi virginale frappe les imaginations.

Née sur la planète Naboo, après une éducation que l'on suppose brillante et modeste à la fois, Padmé devient reine de -32 à 24 BY (avant la guerre de Yavin qui clôt *Un Nouvel Espoir* en contant la destruction de l'Étoile Noire). C'est une reine élue comme il est de coutume sur Naboo.

Padmé est double à plus d'un sens. Elle représente la royauté et de ce fait arbore des tenues majestueuses et voyantes, une lourde coiffure et un maquillage où le visage fardé de blanc et de traits rouges est porteur de symbole à l'instar de celui des impératrices de Chine. Le fard blanc est symbole de pureté, les deux points rouges sur ses joues sont ceux de la symétrie et le trait rouge vertical qui barre ses lèvres rappelle les souffrances antérieures endurées par son peuple.

Probe et profondément attachée aux valeurs démocratiques, elle refuse de reconduire son règne, lorsque ses mandats ont expiré, et ce, en dépit de sa réussite et de sa popularité. À la demande de la nouvelle reine, elle accepte de devenir sénatrice du secteur de Chommel de -24 à 19 BY, soit à l'âge de 22 ans.

En revanche, pour se protéger de ses ennemis et des

divers complots qui ne cessent de la poursuivre, notamment à partir du moment où commencent à faire effet les manigances des forces du mal, elle se déplace souvent cachée au milieu de ses suivantes, vêtue comme l'une d'entre elles et ne se découvre qu'au dernier moment. Le dévouement de ses dernières, à la fois espionnes et guerrières, va jusqu'au sacrifice, d'autant plus que parmi ses suivantes, l'une d'entre elles se présente comme la reine. Lorsqu'un attentat est commis à l'encontre de sa personne dans *L'Attaque des Clones*, c'est la « fausse » reine qui meurt à sa place. Le dévouement corps et âme de ces suivantes guerrières est loin des représentations classiques des reines historiques qui étaient généralement suivies par des espionnes et des traitresses et/ou des dames de compagnie sans pouvoir : ainsi la reine Isabelle d'Angleterre dans *Les rois maudits*. D'autres étaient accompagnées de confidente, voire de nounou, mais celles-ci n'interféraient pas davantage dans le combat de l'héroïne. Elles l'écoutaient, la consolaient et offraient ainsi au spectateur la possibilité de pénétrer dans le for intérieur de cette dernière, ainsi le personnage de la nounou dans *Antigone*. Padmé et sa suite sont loin de ces figures-là. Elles font davantage penser aux suivantes complices des reines dans les mangas, à la complicité jusqu'à l'abnégation et la mort qui existe entre la suivante de la princesse Yuki et le sacrifice de la suivante qui meurt à sa place dans *La Forteresse cachée* de Kurosawa (Kurosawa 1958).

Padmé s'avère être, dans certaines situations bien précises, une redoutable guerrière. Ainsi, au milieu de l'arène avec ses compagnons, alors que la situation semble désespérée, elle se bat farouchement, sans hésitation. Il n'en demeure pas moins qu'elle demeure profondément attachée aux règles de la diplomatie et éprise des valeurs démocratiques, rejetant la solution guerrière à tout conflit.

Cette dualité rend à la fois possible son profond amour pour Anakin, sa prise de conscience de la transformation de dernier lorsqu'il rejoint le côté obscur de la Force et sa foi en ce « quelque chose de bon » qui resterait au fond de l'âme du damné : « Bonne nuit, bonne nuit! Que le ciel m'apprenne non pas à rendre le mal pour le mal, mais à tirer le bien du mal. » dit Desdédome (*Othello* – IV, 3). La comparaison peut être poussée d'ailleurs avec Othello et Desdémone. À l'instar du Maure de Venise, Anakin, aveuglé par la colère, manipulé par l'empereur, s'estime trahi par Padmé et est sur le point de la tuer en l'étranglant. Othello, manipulé et aveuglé de même, finit par tuer Desdémone. Ainsi, en mourant, comme une figure shakespearienne, Padmé sauve ses enfants, fuit Anakin sans lui permettre son meurtre, celui-ci ayant déjà essayé de l'étrangler. Il perdurera ainsi dans les mémoires comme le souvenir d'un Anakin *Jedi* qui a autrefois lutté contre le mal.

La figure mortuaire de Padmé, couverte de fleurs, portant le pendentif donné par Anakin est riche de références notamment dans le paysage : les fleurs, les bougies, les rites chinois et bouddhiste, qui comprennent les jonques, le temple, l'omniprésence de l'eau, l'atmosphère zen, les lumières des bougies au milieu des fleurs posées sur les flots. Le cercueil renvoie également à la barque qui emporte le corps du roi Arthur en partance pour Avalon.

Padmé meurt en offrande, en s'étant sacrifiée et en prière, comme pour détourner le côté obscur qui a envahi Anakin, car elle sait qu'il peut revenir vers le côté lumineux. Elle meurt comme une héroïne shakespearienne, sans avoir mis fin à ses jours ni sans avoir été tuée, elle meurt avec la République et la quasi-destruction de l'Ordre des *Jedi*. Mais sa mort est porteuse de vie. Il y a les jumeaux, Luke et Leia bien sûr. Mais d'autres signes symbolisent la croyance en l'amour et la rédemption, exactement comme dans le cycle arthurien. Ainsi Padmé affiche un visage paisible et elle porte le médaillon que lui avait offert Anakin, en gage de leur amour. On pense à l'obole que devait remettre aux passagers du fleuve de la mort, dans la mythologie grecque, le Styx, le fleuve de l'oubli. Guenièvre, dans le cycle arthurien, morte de chagrin, est également mise à la mer et emmenée par les fées.

Le visage serein de Padmé, entouré de fleurs, évoque aussi les princesses plus endormies que mortes des contes de fées comme *La Belle au bois dormant* ou *Blanche neige*. Et sa robe bleue fait référence au manteau de la Vierge Marie, à la réconciliation et l'apaisement que symbolise le bleu (Mollard-Destour 2013) : « Le bleu, longtemps ignoré ou dévalorisé, n'acquit ses lettres de noblesse qu'à partir du XIIe siècle grâce aux progrès des techniques tinctoriales (nuances éclatantes et "grand teint"), et pour des raisons plus symboliques, grâce au culte de la Vierge Marie. Il devint la couleur des rois et celle de la Vierge traditionnellement représentée vêtue d'un manteau d'azur. La langue a gardé les traces de l'histoire et la nuance *bleu (-) de (-) roi, bleu (-) roi* est encore très vivace de nos jours. De même, la dévotion à Marie se retrouve dans la nuance bleu vierge et la locution *vouer (un enfant) au bleu*. Valorisé et consensuel, le bleu est devenu la couleur des grandes institutions nationales ou internationales (drapeaux du Conseil de l'Europe, de l'ONU ; "casques bleus"), de certains corps de métiers ou milieux socio-professionnels (le *bleu* de la gendarmerie ou de la police), la couleur "distinction, mérite" (carton bleu, cordon bleu, ruban bleu). »

Padmé signifie-t-elle ainsi qu'elle le croit, par-delà la mort, comme le lui dit Anakin avant de partir pour Mustaphar : « Je reviendrai. Attends-moi » ?

Force est de constater néanmoins qu'à la fin du *Retour du Jedi*, sa figure reste complètement absente, son existence ne pose pas de question, elle n'est pas même évoquée. Luke ne se pose jamais la question de la filiation maternelle. Le héros est centré sur l'affrontement et le retour au père. N'étant pas une *Jedi*, elle ne lui apparaît pas davantage en fantôme bienveillant porteur de la Force comme à la fin du *Retour du Jedi* où Luke voit Yoda, Obi-Wan et Anakin (régénéré dans la version remastérisée).

Pauvre Padmé… elle rejoint ainsi Shmi dans l'oubli. Il n'est pas bon d'être une femme dans l'univers de *Star Wars*, même une mère. Reste Leia. Cependant cette dernière s'inscrit dans le respect de son appartenance, Leia est une rebelle, mais pas une révoltée. Nous ferons remarquer d'ailleurs qu'on ne croise pas dans la saga de personnage féminin malin et puissant : ni prêtresse, ni guerrière, ni sorcière, humaine ou apparentée, ni reine ou princesse ou fille d'esclave du côté du mal ou de la transgression. Mises à part les héroïnes proches de l'élu et les *Jedi* comme Aaeyla qui meurt courageusement dans *La Revanche des Sith* au moment du massacre, ce ne sont que danseuses, chanteuses, femmes asservies et mères dévouées. Même les suivantes combattantes de Padmé sont facilement sacrifiées, notamment lors de l'attentat qui vise leur reine. Quant aux espèces animales ou hybrides, elles n'ont pas de sexe affirmé qu'il s'agisse du poisson dévoreur, des monstres des sables ou des neiges, même si on penche pour un sexe masculin pour ce dernier.

3

L'aventure mythologique

La structure de l'aventure mythologique

La structure du voyage du héros répond dans *Star Wars* au « monomythe » énoncé par Joseph Campbell qui s'appuie, entre autres, sur les travaux de Carl Jung : « Un héros s'aventure hors du monde de la vie habituelle et pénètre dans un lieu de merveilles surnaturelles (x) ; il y affronte des forces fabuleuses et remporte une victoire décisive (y) ; le héros revient de cette aventure mystérieuse doté du pouvoir de dispenser des bienfaits à l'homme, son prochain (z). »

Cette approche se distingue de celle de Vladimir Propp. Étudiant le monde du conte merveilleux, les travaux de Propp (Propp 1928), issus de la linguistique structuraliste, présentent le héros et les actants des contes traditionnels russes sous une structure récurrente similaire. Celle-ci comporte des unités narratives de base qui sont également appelées des « fonctions » : « Par fonction, nous entendons l'action d'un personnage, définie du point de vue de sa signification dans le déroulement de l'intrigue. »

Vladimir Propp en dénombre trente-et-une, qui ne sont pas toutes nécessairement en action au sein d'un même conte :

1. L'éloignement ou l'absence
2. L'interdiction
3. La transgression de l'interdit
4. L'interrogation (du vilain par le héros/du héros

par le vilain)

5. L'information (sur le héros/le vilain)
6. La tentative de tromperie
7. Le héros se laisse tromper
8. Le vilain réussit son forfait (séquestrer, faire disparaître un proche du Roi ou du héros)
9. La demande est faite au héros de réparer le forfait
10. L'acceptation de la mission par le héros
11. Le départ du héros
12. La mise à l'épreuve du héros par un donateur
13. Le héros passe l'épreuve
14. Le don : le héros est en possession d'un pouvoir magique
15. L'arrivée du héros à l'endroit de sa mission
16. Le combat du héros et du vilain
17. Le héros reçoit une marque (blessure, anneau, foulard)
18. La défaite du vilain
19. La résolution du forfait initial
20. Le retour du héros
21. Le héros est poursuivi
22. Le héros échappe aux obstacles
23. L'arrivée incognito du héros
24. Un faux héros/vilain réclame la récompense
25. L'épreuve de reconnaissance du héros
26. La réussite du héros
27. Le héros est reconnu grâce à sa marque
28. Le faux héros/vilain est découvert
29. Le héros est transfiguré
30. Le vilain est puni
31. Le héros épouse la princesse/monte sur le trône.

Ce modèle sera critiqué par Claude Levy-Strauss qui ne pense pas que l'on puisse sous-estimer la dimension ethnologique et linguistique des constructions du conte, comme du mythe du héros, au profit d'une grammaire narrative universelle. Cependant, sur ce plan-là, *Star Wars* n'est pas un conte. Sa construction obéit donc à celle du mythe tel que décrit par Campbell qui comporte trois phases principales, à savoir *la séparation*, *l'initiation* et *le retour*.

La séparation

La séparation représente le moment où le héros est appelé à quitter son foyer pour partir vivre son aventure, affronter les épreuves qui le construiront en héros.

Elle commence par l'appel. On ne le connaît que pour Anakin et Luke du fait de la structuration fortement masculine de la saga. Anakin menant à Luke, il est normal qu'on retrouve la même structure de l'appel, à l'instar de la représentation que se font les catholiques ou les musulmans de l'*Ancien Testament* menant au *Nouveau Testament* ou au *Coran*.

Il n'y a pas d'appel véritable pour Leia, mais plutôt une rencontre qui la met en contact avec ses sauveurs dans *Le Nouvel Espoir* sans qu'il n'y ait rupture dans la figure du personnage. On pourrait dire qu'il en va de même lorsqu'Han Solo rencontre Obi-Wan Kenobi dans le saloon sur Tatooine. La rencontre s'inscrit dans leur cas dans le prolongement du caractère des personnages.

L'appel indique au contraire l'arrachement et une profonde transformation. Il ne s'effectue pas au hasard, bien sûr, puisqu'il intervient dans le cadre de la prédestination. Elle est d'autant plus forte dans *Star Wars* avec le potentiel de la Force, signifié par le sang dans le taux de « midichloriens ». Nous reviendrons plus tard sur cette désignation qui relève de la grâce protestante, de la descendance biblique ou des superhéros. Le héros appartient à une lignée.

Pour Anakin, l'appel se présente sous la forme de sa rencontre avec Qui-Gon Jinn, lorsqu'enfant, il est esclave avec sa mère sur Tatooine. Qui-Gon sent la Force en l'enfant. Une fois qu'Anakin gagne sa liberté, Qui-Gon l'emmène avec lui pour qu'il devienne son disciple. Il quitte alors son monde habituel et le regard familier de sa mère.

L'appel se présente de façon supposée plus accidentelle pour Luke. Celui-ci mène une existence de paysan auprès de ses parents adoptifs, non sans éprouver une forte frustration, car ses rêves sont ailleurs. Ses parents adoptifs, son oncle notamment, cherchent à le protéger à la fois de son père, Darth Vader, et de lui-même, de son destin. C'est pourtant ce même oncle qui, en achetant deux robots, C-3PO et R2-D2, précipite la possibilité de l'appel dont R2-D2 est le passeur. Il est impossible de lutter contre le destin du héros.

Les références sont nombreuses et obéissent à des codes fictionnels récurrents liés à l'enfance cachée du héros, loin de son lieu de naissance, afin de le protéger de ses origines. La nécessité de la séparation protectrice est impérieuse, voire vitale. L'enfant caché peut grandir dans des conditions modestes (comme Luke qui est un paysan voire Anakin qui est un esclave) ou princières (on peut supposer qu'élevée chez le sénateur Bail Organa et son épouse, qui ne pouvaient avoir d'enfant, Leia reçoit une éducation soignée de princesse). Il n'en demeure pas moins que le héros est séparé de ses origines jusqu'à l'appel du destin.

Le mythe du héros qui, enfant prédestiné, doit vivre caché, est récurrent dans toutes les cultures. Ainsi, pour fuir le roi impie Nemrod qui a entendu qu'il naitrait un sauveur qui se dresserait contre lui, Abraham est laissé par sa mère dans une grotte où vient le nourrir l'Ange Gabriel jusqu'à ce qu'il soit assez fort pour sortir de la grotte. Pour les mêmes raisons politiques et religieuses, Moïse est confié à Dieu et au Nil jusqu'à ce qu'il soit recueilli par la fille de Pharaon et élevé au sein même de l'empire qui exploite son peuple. Zeus est caché par sa mère, Rhéa, en Crète, car son père Cronos veut la mort de tout fils susceptible de lui ravir le pouvoir et dévore chaque nouveau-né. Héraclès, fils adultérin de Zeus et poursuivi par la colère d'Héra, la femme du roi des dieux, est élevé par sa mère Alcmène – qui avait été abusé par Zeus – et son beau-père Amphytrion. Œdipe et Paris, pour échapper aux prédictions des oracles sont, de même, élevés loin de leurs familles.

Dans le cycle arthurien, Perceval est élevé par sa mère, Herzeleide, de la maison royale des gardiens du Saint Graal, dans l'ignorance de ses origines à savoir qu'il est le fils de Gamuret, chevalier parti vivre des combats héroïques et mort au combat, dont elle redoute la mauvaise influence. Le parallèle avec l'enfance de Luke est d'autant plus intéressant que tout comme le héros arthurien, Luke vit en paysan. L'éloignement du monde figuré par le désert remplace celui de la forêt. Le nom de Skywalker ou « celui qui arpente les espaces du ciel », fait écho d'ailleurs à celui de Perceval : « celui qui arpente le val ». L'appel se manifeste à Perceval lorsque celui-ci rencontre des chevaliers et demande à sa mère de quitter le foyer, tout comme, à travers un autre cheminement, Anakin quitte le foyer maternel avec Qui-Gon.

On retrouve également cette condition humble dans *Robin des Bois* et *Ivanohé* (Anonymous 2014) : « John Mollo décrit la tenue de Luke dans *Star Wars* 1977 comme étant destinée à véhiculer une qualité de "saxon". En d'autres mots, il dépeint Luke comme un humble paysan ou un agriculteur, comme la paysannerie médiévale anglaise représentée dans les légendes de *Robin des Bois* ou *Ivanhoé*. Bien sûr, ces légendes dépeignent aussi les terre-à-terre Saxons comme étant opprimés par les dirigeants normands, qui sont généralement présentés comme faisant partie d'une élite française étrangère. On peut facilement faire ainsi un parallèle avec l'Empire. »

Dans une variation inversée, le jeune prince Gautama Sakyamuni, futur Bouddha, est gardé au palais dans la richesse, l'opulence et l'ignorance de la vie, car le roi, son père, redoute de le voir partir pour une vie monacale. Celle-ci le mènera sur le chemin du renoncement au monde qui le conduira à devenir Bouddha (Campbell 2010) : « Le roi – préférant de beaucoup la vocation royale – fit don à son fils de trois palais et de quarante mille danseuses afin que son esprit reste attaché au monde. »

L'appel indique le moment de la rupture de cette protection et du départ. C'est l'éveil du Moi, l'ouverture de l'aventure. Le fait qu'il ne prenne pas une forme majestueuse ou spectaculaire est récurrent dans les mythes comme dans les contes de fées. Tous les héros ne sont pas Moïse dont l'appel divin résonne dans l'éclatant buisson ardent. Nombre d'entre eux sont confrontés à l'appel de façon plus déconcertante. La sobriété de l'appel et l'absence de grandiloquence le rendent, en effet, plus proche du lecteur ou du spectateur. Ils permettent de mettre en marche les mécanismes d'identification fictionnelle au héros dans sa quête.

La figure du héraut est dans ce contexte fort intéressante. C'est classiquement un officier de l'office d'armes, chargé de faire certaines publications solennelles ou de porter des messages importants. Elle apparaît de façon explicite au XIIᵉ siècle avec le développement du cycle héraldique, en étant très liée au héraut d'armes en annonçant et commentant les tournois des chevaliers. À la fois messager, reconnaissant les blasons et les valeurs du chevalier, cette figure représente le révélateur et le non flamboyant. Les contes en font bien de malicieux usages. Ainsi dans *La Princesse et la grenouille,* le héraut est représenté par une grenouille (un crapaud) que la princesse ne prend pas au sérieux (Grimm 1812). Dans l'épopée d'Arthur, il s'agit d'un cerf qui impressionne le jeune roi au cours d'une partie de chasse, en venant boire à la source.

En essayant de réparer R2-D2, Luke active la mémoire secrète du droïde qui lui livre l'appel au secours de Leia. Est-ce un geste maladroit comme Ulysse qui déchaîne la colère de Poséidon ? Est-ce un geste qui force le mécanisme fermé du robot ?

Car Luke n'est pas, initialement, le destinataire de l'appel au secours de la princesse Leia. Celle-ci cherche à joindre Obi-Wan Kenobi que Luke croit reconnaître sous les traits d'un vieil ermite, qui vit non loin de sa maison. Il n'en demeure pas moins que l'ordre des destinataires s'inverse : si

Obi-Wan est bien le destinataire auquel pense Leia, le message lui échappe et s'adresse à Luke qui devient le véritable héros désigné par la Force. Le rôle de R2-D2 est primordial dans cette fonction d'appel, d'autant plus qu'il apparaît caché comme dans de nombreux mythes où le messager des dieux (de la Force en l'occurrence) semble grossier, anodin, voire comique. Il s'agit d'un simple robot qui parle un langage que ne comprend, dans un premier temps que C-3PO, ce dernier se plaignant sans cesse de la rudesse et des mauvaises manières de son compagnon tout en s'en excusant auprès de « maître » Luke. Pourtant, comme nous le verrons plus loin, R2-D2 est bien plus qu'un simple messager de fortune, il est l'assistant et le sauveur des rebelles, notamment de Padmé et de Luke à plusieurs reprises.

L'appel peut se réitérer. C'est le cas pour Luke qui, blessé, sous le point de perdre connaissance dans la tempête de neige au début de *L'Empire contre-attaque*, voit le fantôme d'Obi-Wan l'enjoindre de se rendre sur Dagobah et trouver maître Yoda. Mais plus tard, lorsque Luke le rencontre sur Dagobah, dans le marais où son vaisseau a échoué, en compagnie de R2-D2, il ne le reconnaît pas : « Je suis à la recherche d'un grand guerrier » dit Luke. Cette image est trompeuse puisqu'il l'associe à une taille respectable et à une figure humaine. Yoda lui apparaît comme un petit personnage farceur et anodin, une créature du marais, animale, qu'il tente d'interroger pour savoir où se trouve le maître dont l'enseignement lui est indispensable. Le facétieux Yoda se joue de cette illusion en caricaturant un petit animal cherchant de la nourriture et volant celle de Luke.

Luke fait partie de ces héros aveuglés par les apparences à l'instar d'Hercule ou d'Achille. Il se trompe, s'impatiente, comme le déplore à plusieurs reprises Yoda. Il rejoint en ce sens la filiation paternelle, celle d'Anakin. Cependant, contrairement à son père, à travers un parcours initiatique sur lequel nous reviendrons, il triomphera de la domination des apparences. Il n'éprouvera pas les terribles colères destructrices d'Anakin ou, du moins, ne cèdera-t-il pas à leur tentation, à leur appel. Sa quête intérieure vise à surmonter cet aveuglement, à savoir « voir » par-delà les apparences. Là sont les véritables enjeux de son initiation.

Le parcours initiatique et ses épreuves

L'initiation et l'apprentissage des *Jedi* sont codifiés et prennent du temps. Cependant, Anakin, tout comme Luke ne suivent pas les formes d'initiation et les formations classiques. Ils sont considérés comme trop vieux. Pour Luke, la question est posée entre Yoda et le fantôme d'Obi-Wan lorsque Luke vient la première fois sur Dagobah dans *L'Empire contre-attaque* : « Il est trop âgé. »

Néanmoins le potentiel exceptionnel du jeune *padawan* qu'a détecté Obi-Wan, sa connaissance du jeune homme, l'urgence de la situation, le danger que courent les rebelles et la liberté, imposent une initiation accélérée qui, de la responsabilité d'Obi-Wan sera surtout celle de Yoda.

En ce qui concerne Anakin, c'est différent. Yoda exprime très vite ses réticences quant à l'initiation du jeune garçon. Ce dernier est considéré de toute façon comme trop âgé pour débuter une formation *Jedi*, mais Yoda sent déjà en lui comme une discordance. Qui-Gon outrepasse l'avis du conseil des *Jedi* et le prend tout de même comme disciple, ce qu'accepte le conseil à contrecœur.

Cependant, même initié, même formé, Anakin reste toujours considéré avec une forme de suspicion par l'Ordre des *Jedi*, ce qui peut être regardé comme le signe d'une juste intuition de la part de ces derniers, tout comme celui de la mise à l'écart qui pousse Anakin à suivre le côté obscur. L'Empereur Palpatine joue sur cette forme de mise à l'écart et manipule ainsi Anakin en faisant monter sa défiance à l'égard des *Jedi*.

Pour les Skywalkers, l'initiation et l'apprentissage de la voie du *Jedi* passent par l'acquisition de la Force. Celle-ci conjugue la maîtrise de la vitesse, la fulgurante dextérité et son indispensable pendant : la concentration, l'intériorité, la quasi-annihilation de soi.

D'un point de vue chronologique, c'est l'extraordinaire don de maîtrise qui apparaît tout d'abord chez ces deux personnages. La maîtrise de la vitesse est dans un premier temps intuitive. Elle se développe dans le cadre d'un autoapprentissage et se manifeste presque d'elle-même, signalant les dons du héros. En cela, Anakin, mais Luke également, rejoignent le mythe des jeunes héros dont les qualités extraordinaires se révèlent aux yeux de tous, tout comme c'est le cas des grands héros.

L'extraordinaire force d'Héraclès se manifeste dès le berceau lorsqu'il étrangle, sans effort, les deux grands reptiles envoyés par Héra. Elle indique à chacun qu'il est prédestiné à un destin héroïque (Hamilton 2005) : « Tous comprirent alors que l'enfant était destiné à de grandes choses. Tirésias, le prophète aveugle de Thèbes, dit à Alcmène : « Plus d'une femme en Grèce, j'en fais le serment, tout en filant la laine chantera ce fils qui est le tien et toi, qui l'a porté. Il sera le héros de l'humanité. »

Thésée, très jeune, soulève sans effort la lourde pierre sous laquelle, le roi Égée son père, avait caché son épée et ses chaussures. Cet exploit lui permet de partir retrouver le roi à Athènes.

Dans une variante inversée, laissé à l'ombre d'un arbre, le jeune Bouddha est retrouvé par les nourrices en position extatique, l'ombre de l'arbre immobilisé. De même, à douze ans, Jésus argumente avec les prêtres et les érudits dans le Temple de Jérusalem (Saint Luc, Chap. 2, 46-47) : « C'est au bout de trois jours qu'ils le trouvèrent dans le Temple, assis au milieu des docteurs de la Loi : il les écoutait et leur posait des questions, et tous ceux qui l'entendaient s'extasiaient sur son intelligence et sur ses réponses. »

Il s'agit à chaque fois de situations extraordinaires qui signalent la prédestination du héros dès son plus jeune âge. Dans le cadre de *Star Wars*, cette prédisposition se manifeste à travers la figure du pilote, la conduite rapide du module ou du vaisseau, ainsi que la construction, la réparation et l'amélioration des machines. Anakin ne construit pas uniquement son module de course, il bricole sans cesse. C'est lui qui, encore jeune enfant, conçoit et assemble le robot C-3PO. De même, Luke, lorsqu'il a du temps libre dans ses travaux de paysan, répare les vaisseaux, vole en rêvant de rejoindre ses amis partis combattre avec les troupes rebelles. Ce don mène à celui du combattant, à celui du guerrier. Mais pour y parvenir, Luke doit rechercher la conscience de la Force qui passe par la maîtrise de son intériorité. Il doit apprendre l'impératif de la concentration et la mobilité. On retrouve là l'enseignement de la voie du *Budo*. La maîtrise de la vitesse passe par la maîtrise de soi.

La relation de maître à disciple

Relation fondamentale dans la spiritualité bouddhiste, l'apprentissage s'effectue du maître au disciple. La structure de ces relations d'apprentissage est complexe dans la saga. Elle croise les maîtres en conduisant à des parcours et des résultats différents. Rappelons-les :

- Qui-Gon Jinn est le maître d'Obi-Wan Kenobi, non sans une forme d'estime prémonitoire envers ce dernier : « Tu seras plus sage que moi » lui dit-il dans *La Menace Fantôme*.

- Qui-Gon Jinn veut devenir le maître d'Anakin Skywalker avant de passer le flambeau, au moment de mourir, à Obi-Wan Kenobi.

- Obi-Wan Kenobi est le maître d'Anakin Skywalker jusqu'à ce que celui-ci, manipulé par l'empereur, l'estime trop pesant, envahissant, voire jaloux.

- Yoda est le maître de Darth Sidious qui devient l'empereur.

- Yoda est le maître de Luke Skywalker qui restaure la

Force.

- Darth Sidious alias l'empereur est le maître de Darth Maul qu'il sacrifie à ses projets.

- Darth Sidious, sous les traits de l'empereur, est le maître d'Anakin Skywalker qui devient alors Darth Vader.

Obi-Wan est un chevalier *Jedi*. Il sait qui est Luke. Il connaît son passé. En revanche, Qui-Gon « reconnaît » Anakin jusqu'à un entêtement mystique qui, malgré les mises en garde, le mène à l'erreur d'appréciation. En effet, Anakin échoue finalement. Cette forme de reconnaissance, intuitive, voire surnaturelle, est néanmoins présente dans le bouddhisme. Il en va ainsi (Lavis 2015) du « cinquième patriarche de l'école Chan qui voit arriver au monastère un jeune orphelin illettré Huineng et, à sa vue, comprend immédiatement, qu'il s'agit de son successeur, le futur sixième patriarche. »

Obi-Wan est l'initiateur qui conduit Luke vers Yoda. Il représente le phénomène prophétique, le Saint-Jean-Baptiste qui conduit vers le « véritable ». Obi-Wan et Yoda sont à l'image de Merlin, ils initient, conseillent et sont les amis du héros, même par-delà leur mort. Leur tenue vestimentaire, humble, sans aucune ostentation, évoque celle des maîtres bouddhistes. Si Obi-Wan disparaît physiquement, fort peu de temps après avoir commencé l'initiation de Luke dans *Le Nouvel Espoir*, sa voix continue à accompagner et guider son jeune disciple. Leur grande maîtrise de la Force remplace les pouvoirs magiques de Merlin (Gorgievski 2002) : « S'ils ne sont pas prophètes, ils ont néanmoins recours aux arts de la divination moderne, comme la parapsychologie, l'hypnose, la télépathie… »

Il peut arriver que le *Jedi* dans une scène autoparodique utilise ses pouvoirs dans un but détourné. Ainsi à l'arrivée sur Tatooine, dans *Le Nouvel Espoir*, alors qu'ils sont recherchés, Obi-Wan utilise ainsi la Force pour obliger un dealer (« un revendeur de bâtons de la mort ») à renoncer, immédiatement, à son commerce destructeur de vie :

Obi-Wan : « Maintenant tu vas rentrer chez toi et réfléchir à ton avenir. »
Le dealer : « Maintenant je vais rentrer chez moi et réfléchir à mon avenir. »

Difficile de considérer cette utilisation de la Force comme légitime, ou alors cette utilisation aurait pu résoudre tous les problèmes de criminalité. Cette possibilité ferait rêver tous les héros des séries policières. On peut imaginer cette magie à l'œuvre dans *Law & Order* par exemple, où les héros s'échinent à faire advenir la justice.

La relation de maître à disciple, qui est à la base des écoles de samouraïs ou des écoles de chevaliers, diffère profondément en trois points néanmoins des référents régulièrement cités. Le *Jedi* n'a pas de seigneur auquel il soumet son sabre comme le samouraï, ou son épée comme le chevalier à son suzerain. Le samouraï sans maître est une figure de l'errance. Le chevalier se doit à un seigneur. Les *Jedi*, quant à eux, obéissent à la Force. Ils sont les gardiens de la République dont les valeurs ne sont pas toujours clairement définies comme nous le verrons plus loin. Ils sont plus proches de l'organisation des Templiers que nous étudions plus loin également.

Un second point de différenciation réside dans les évolutions des relations maître-disciple dans la prélogie. Sur Mustaphar, à la fin de *La Revanche des Sith*, alors qu'Anakin est en train de tomber, Obi-Wan lui dit l'avoir considéré comme un frère, ce qui suscitera certaines interprétations en termes d'homosexualité latente. En tout cas, les cris déchirants d'Obi-Wan, qui font écho aux supplications de Padmé, lorsque celui-ci combat Anakin, laissent entendre beaucoup d'affection et non pas le détachement affectif du *Jedi* que prône Yoda.

Un troisième point réside dans la relation qui unit

l'empereur à Anakin et qui ne ressemble pas à ce qu'on sait, à celle qu'il a eue avec d'autres disciples comme le Comte Dokku ou Darth Maul. Rappelons l'histoire. Manipulé par Palpatine, Anakin noue avec ce dernier un pacte qui dépasse le seul changement de maître. En effet, Palpatine se comporte comme le Méphistophélès du mythe de Faust. Il fait miroiter à Anakin que ce dernier pourrait, en vendant son âme au côté obscur, empêcher la mort probable de Padmé, cette mort qui hante ses cauchemars. Une promesse qui le rend d'autant plus sensible qu'il n'a pas réussi à empêcher auparavant la mort de sa mère. Cependant Padmé n'est pas encore en danger à ce stade, il s'agit donc du rêve d'immortalité. De même, le docteur Faust espère sauver de la mort sa dame de cœur, Marguerite, en vendant son âme à Méphistophélès. Le mythe est ancien. Il apparaît dès la Renaissance dans le *Volksbuch* de Marlowe en 1587. Il reprend la condamnation de tous ceux qui se prennent pour Dieu, à l'instar de Prométhée et d'Icare. Cependant, il prend tout son essor au XIXe siècle au fur et à mesure que la science progresse de façon spectaculaire et donne le vertige à bon nombre d'écrivains. Ainsi, par exemple, citons le très bel essai intitulé *Faust ou la mélancolie du savoir* (Schneider 2003). *Frankenstein* en constitue le pendant et il n'est pas surprenant qu'autour de la transformation d'Anakin en Darth Vader, dans *La revanche des Sith*, les deux mythes se superposent dans la scène de transfiguration.

Les lieux de l'initiation

La planète de Dagobah est le lieu de l'initiation de Luke sous la conduite de Yoda. C'est une planète de forêt et de marécage, aux couleurs vertes et grises, elle fait penser à une forme de mangrove. Elle avale puis recrache R2-D2. Elle immerge symboliquement le vaisseau de Luke. Car elle relève du monde du conte et de celui du rêve. D'ailleurs Luke le mentionne à R2-D2 à son arrivée : « On se croirait dans un rêve ». C'est là, dans une grotte, que Luke doit affronter sa propre peur, son propre démon, ainsi que l'énonce Yoda :

Yoda : « Cette caverne a la puissance négative de la Force. Le domaine du Mal elle est. Dedans, il te faut aller. »

Luke : « Qu'y-a-t-il à l'intérieur ? »

Yoda : « Seulement ce que tu apportes. »

Cette métaphore fait écho à celle qui est à l'œuvre dans le théâtre baroque, notamment chez Corneille, de façon moins dramatique. Mais au-delà du procédé littéraire, la grotte reprend une symbolique qui parcourt les mythes et les cultures. La grotte apparaît comme une métaphore du subconscient, c'est le lieu de la confrontation au père sombre, à Darth Vader. C'est (Housseau 2006) « un lieu dans un lieu permettant une mise en abyme introspective pour les personnages. »

Le passage du héros dans la grotte abonde dans les mythes et les contes. Fondée sur notre passé paléolithique, elle est reprise symboliquement depuis Platon à *Ali Baba* comme un moment de rencontre avec le surnaturel, le divin, la vérité et le mensonge. Elle est tour à tour une image du monde (Platon) un lieu secret plein de richesses (*Ali Baba*, *Indiana Jones*), un lieu de naissance, de mort et de résurrection. Elle est le lieu du prophète. Le culte de Mithra était célébré dans des grottes. Mahomet a sa première révélation dans la grotte du mont Hirâ. Jésus est né dans une grotte dans sa symbolique d'étable, ainsi que Lao Tseu. Elle est un point de passage central qui a son pendant dans la montagne, elle est le point d'axe dans le temps et l'espace (Gric 2008).

Il n'est pas anodin non plus que la grotte, qui représente en psychanalyse, le ventre de la mère, comme le ventre de la terre, celui de Gaïa, l'espace utérin est le lieu où Luke se confronte à l'image de son père et donc à la sienne par liaison. Abri, refuge, lieu de confrontation, le héros peut ne pas en sortir indemne, car il y risque la mort. Entrer dans une caverne, c'est donc faire un retour à l'origine. La caverne est un lieu de passage de la terre vers le ciel à l'instar du Christ qui est mort, a été inhumé dans un sépulcre creusé dans la roche, est descendu aux enfers, pour ensuite ressusciter. Ainsi les Israéliens se sont réfugiés dans des cavernes pour fuir les Philistins. Dans *Dune*, Paul et sa mère se réfugient dans une grotte et rencontrent le peuple des Fremen qui se cachent là en attendant la réalisation de la prophétie du Messie que deviendra Paul. La grotte est le lieu où Paul rencontre son peuple. Luke, quant à lui, est beaucoup plus individualiste. Le passage dans la grotte est beaucoup plus personnel.

Outre la grotte, le désert représente un autre lieu important dans tout parcours initiatique. À ce titre, Tatooine est l'un de ces lieux particuliers où l'on revient à chaque fois comme pour le début de toute aventure, c'est le désert où s'écrit l'histoire. Tatooine est très caractéristique, car le désert est symbolique dans tous les imaginaires. Le désert suscite l'idée de recherche intérieure – recherche sur soi, recherche de la vérité – et c'est pour cette raison que c'est là que Qui-Gon va trouver celui qu'il pense incarner l'élu. C'est aussi un lieu évocateur de méditation pour les prophètes, de Moïse à Jean-Baptiste, de Jésus Christ jusqu'à Mahomet, qui se retiraient dans le désert pour méditer et prier. Il est donc cohérent que ce soit dans le désert qu'Obi-Wan s'exile pour méditer sur ses erreurs et veiller sur Luke pendant près de 20 ans. Le désert est le lieu du recueillement, de la méditation, de la recherche, et de l'exil également : le peuple juif fût, suite au veau d'or, condamné à y errer pendant 40 ans. Dans *Dune* de Franck Herbert, la planète qui se trouve au centre du cycle est Arrakis, la planète de sable. Même si Tatooine ne produit pas l'épice précieuse d'Arrakis, elle porte le héros : Anakin et Luke. Si la saga s'arrête sur Endor, dans *Le Retour du Jedi*, la planète des forêts et des Ewoks, la saga repasse toujours par Tatooine.

L'épée du héros mythique

D'Excalibur, l'épée du roi Arthur, à Durandal, celle du chevalier Roland (qui meurt à Roncevaux dont le nom en germanique, langue de Charlemagne, se prononce Durandal), et Joyeuse, l'épée de Charlemagne ou Hauteclaire, l'épée d'Olivier de Vienne dans *La Chanson de Roland*, de Pâline, Malourène ou Sainte-Fabeau que chante le poète Guillaume Apollinaire (Appolinaire 1913), l'épée symbolise le héros dans l'imaginaire des mythes et plus généralement dans l'imaginaire collectif de l'humanité. Arrêtons-nous quelques instants sur cette arme blanche devenue un « sabre de lumière » dans *Star Wars*.

L'épée juxtapose plusieurs symboles. Elle est arme de combat de proximité qui, dans l'échelle des distances se situe avant l'arc et la lance, et après le poignard. Elle s'inscrit dans la proximité du combat, loin du pistolet qui, se jouant des distances, n'entre pas dans les symboles de noblesse et de courage.

Les représentations médiévales l'ont personnifiée (Huyhn 2011) : « Étroitement associée au chevalier, dont elle est l'arme par excellence, l'épée possède comme nul autre objet une part de personnification et d'enchantement. Elle porte un nom, la relation qui l'unit à son propriétaire est indéfectible, son utilisation confine à la magie, on en appelle à elle comme à Dieu ou aux Saints, elle accompagne le chevalier dans la vie et le suit dans la tombe, elle donne la mort au martyr comme au suicidé, elle symbolise le pouvoir temporel et spirituel comme la justice. »

Mais elle est également un symbole de pouvoir, de noblesse et de justice et, en ceci, elle se distingue des armes citées précédemment. Symbole de pouvoir, elle fait partie des attributs de la royauté avec le sceptre et le globe. Joyeuse, l'épée de Charlemagne est d'ailleurs utilisée à partir du XIIe siècle pour les cérémonies de couronnement du roi de France. Symbole de noblesse, elle est l'arme du chevalier, bien que son usage ne lui soit pas exclusivement réservé. Symbole de justice, elle se fait glaive.

Dans *Star Wars*, l'épée est représentée par le « sabre laser », efficace, émettant un son que les fans reconnaissent aisément. C'est littéralement un « sabre de lumière ». Mais le sabre laser du *Jedi* est anonyme. Contrairement à Arthur et à son épée Excalibur léguée par son père, le roi Uter, et n'appartenant qu'à lui, contrairement aussi au sabre du samouraï, le sabre-laser, sabre-lumière, ne porte pas de nom. Le sabre laser n'est pas fabriqué par un maître forgeron, il semble que ce soit le *Jedi* qui le fabrique lui-même.

Il n'en demeure pas moins indispensable au héros. Il représente la puissance du *Jedi*, mais il n'est pas personnalisé, il n'est pas nominatif et sa remise ne s'accompagne d'aucune cérémonie particulière, comme dans *Kill Bill* de Quentin Tarantino. Nous ne sommes pas chez les samouraïs ou chez les chevaliers.

De façon rarissime, il peut être utilisé par un non *Jedi*. Au début de *L'Empire contre-attaque*, sur la planète glacée de Hoth, Han Solo, utilise le sabre de Luke pour ouvrir le ventre de sa monture qui vient de mourir, afin de protéger Luke du froid en le réchauffant avec les entrailles de la bête.

En revanche si la distinction semble s'opérer entre le sabre laser représentant la force du bien et celles du mal au niveau de la colère, elle n'est pas systématique. Le laser est régulièrement rouge, à l'instar de l'iconographie classique du mal, sauf lorsqu'il s'agit de l'empereur qui peut multiplier les couleurs ou de son disciple, le Comte Dokuu. Il est bleu, vert ou blanc du côté de la Force sans que ses couleurs signifient des distinctions ou des grades particuliers. Souvent différenciés entre le bleu et le vert, lorsqu'il s'agit des combats menés par le disciple et son maître, comme lorsque, les couleurs réapparaissent de façon indistincte de façon significative lorsque Yoda et Obi-Wan interrogent les jeunes élèves de l'école des *Jedi* dans *L'Attaque des Clones*. Il semble donc bien que le sabre-lumière emprunte ses couleurs selon des moments qui n'obéissent pas à l'iconographie des épées des chevaliers.

Le retour du héros

La phase d'aboutissement du voyage du héros, celle où il revient transformé parmi les siens – le retour du héros – ne reprend pas l'iconographie classique du « home sweet home » à l'instar du retour de Dorothy dans son cher Kansas dans *Wizzard of Oz* ou du cowboy retrouvant son foyer. Dans *Le Retour du Jedi*, il s'effectue de deux façons.

Il reprend les codes du retour parmi les siens : Luke retrouve sa sœur et ses amis – incluant les nouveaux alliés que sont les *Ewoks* – sur *Endor* pour fêter ensemble la victoire et la paix retrouvée. Le retour à l'équilibre de la Force se manifeste également par l'apparition des âmes des *Jedi* qui l'accompagnent, à savoir Obi-Wan, Yoda et son père retrouvé. La fête bat son plein, dans une atmosphère bon enfant. Mais la forêt d'Endor ne constitue ni le foyer ni la patrie de Luke. Celui-ci n'a ni terre, ni cité, ni patrie, ni planète. Contrairement à Paul dans *Dune*, devenue définitivement « sa » planète, au roi Arthur dont l'Angleterre est la terre, à Moïse et la terre promise, à Ulysse et Ithaque, aux hobbits de Tolkien et leur village, Luke est un héros apparemment sans racine et sans peuple.

4

La Force :
entre ki et Saint-Esprit

Le divin dans Star Wars

Avec la Force, c'est la relation au divin qui est au cœur de la saga. La Force mélange des approches propres au Taoïsme, au Bouddhisme et au Confucianisme, pour la connaissance des forces qui composent l'univers pour le premier, pour l'apprentissage de la découverte de soi dans une relation de maître à disciple pour le second, pour le respect des hiérarchies sociales et l'observation lucide des règles sociétales pour le troisième.

Ces références s'effectuent dans un contexte d'écriture qui est celui du New Age. Cette introduction peut sembler caricaturale, voire provocatrice, mais nous verrons qu'elle se vérifie à plusieurs niveaux, ce qui conforte l'universalité du mythe fort certainement.

Son importance est essentielle pour la compréhension de l'univers de la saga, celui du genre space-fantasy dont nous avons parlé plus haut. La Force est partout, sans identification possible. On la sait, on la sent puissante chez les *Jedi*, mais elle est partout, portée par les *midichloriens*. Elle est mystique sans être religieuse, elle n'a ni église ni célébration, cependant il faut y croire.

Elle ne descend pas du Ciel comme le Saint-Esprit, mais elle lui ressemble sous certains aspects. « Que La Force soit avec toi » disent les uns, « Que l'Esprit-Saint soit avec vous » ou « Qu'Allah t'accompagne » disent les autres. Elle fait écho aux philosophies orientales, mais ces dernières la fondent dans le renoncement à soi et le détachement, alors qu'en se nommant « Force » elle se place du côté de la maîtrise et de la puissance des approches guerrières occidentales. Voyons dès lors, plus précisément, ses influences et les contradictions qui en découlent.

Les midichloriens

Au début, il y a les « midichloriens ». On ne l'apprend que dans la prélogie, au grand dam d'ailleurs de nombreux fans qui voulaient absolument en garder une vision quasi mystique (Garcia 2015) : « La Force était mythique parce qu'elle échappait à tous les critères imposés par les *Principia* de Newton, la méthode cartésienne ou les règles de la science expérimentale formulées plus tard par Claude Bernard. Bien au contraire, la Force s'imposait comme tout ce qui était nié par l'entreprise rationaliste : action instantanée à distance, caractère non observable et non quantifiable, unité de la métaphysique et de la physique, transformation à volonté par le vivant des lois qui régissent la matière. »

Le fantasme est clair et George Lucas aura beau dire qu'il n'avait juste pas pu dans la trilogie exposer les fondements de la Force pour des questions de temps et de moyens, rien n'y fera. La déconvenue est à la hauteur du fantasme. Cependant, si nous ne nous sommes pas engouffrés dans ce fantasme, de quoi s'agit-il ?

C'est le taux dans le sang des *midichloriens* qui révèle la capacité à maîtriser la Force et qui signale le *Jedi*. Cette forme d'organismes microscopiques, inspirée des mitochondries, ces organites à l'origine de l'énergie dans les cellules vivantes, détermine le niveau de réceptivité d'un individu à la Force.

En revanche, on sait qu'il s'agit tout de même d'une transmission familiale : « La Force est très puissante dans ta famille », dit Yoda à Luke dans *Le Retour du Jedi*. Passé le moment de doute démocratique sur la saga, cette lignée élective reprend la nécessaire généalogie des héros propre aux grands mythes et aux religions.

La Revanche des Sith va plus loin encore, puisque Palpatine alias Darth Sidious raconte à Anakin l'histoire de son maître, Darth Plagueis, qui selon lui était capable de créer la vie... en manipulant les *midichloriens*. Dès sa rencontre avec Anakin, Qui-Gon Jinn le soumet à une analyse de sang pour déterminer son taux de *midichloriens*. Le résultat est sans appel : il s'agit du taux le plus élevé jamais enregistré : plus de 20 000, soit un nombre supérieur à celui de Yoda. Anakin serait dans ce cas le fruit d'une expérience génétique Sith comme semble le suggérer Palpatine ? Darth Plagueis pourrait-il être son père caché ?

En effet, quand Darth Sidious apprend l'existence d'Anakin, il se remémore instantanément les expériences sur la Force de son maître, qui ont eu lieu au moment de la conception d'Anakin. Ainsi, *La Revanche des Sith* propose cette hypothèse (Luceno 2012) : Anakin serait le résultat d'une expérience Sith menée par Darth Plagueis. Depuis, l'histoire de la naissance de l'élu s'est clarifiée : sa conception est une réaction de la Force elle-même aux manipulations des adeptes du côté obscur qui serait assimilée à une sorte de réponse défensive. Qui-Gon propose cette interprétation dans *La Menace Fantôme* : « Il se peut même qu'il ait été conçu par les *midichloriens*. »

Ce serait donc la Force elle-même qui aurait conçu l'élu ?

On comprend certes l'intérêt que porte Palpatine immédiatement au tout jeune Anakin et qu'il lui signifie dès la fin de *La Menace Fantôme*. Cette attention s'appuie sur la référence à la prophétie de l'élu qu'évoque Qui-Gon également ainsi que Yoda et Obi-Wan. Il est à noter que la prophétie de l'élu apparaît dans l'une des toutes premières versions du scénario du *Nouvel Espoir*. Extraite d'une œuvre fictive intitulée le *Journal des Whills*, il y est fait mention d'un « Son of Suns », un fils des soleils, une référence au monde où a grandi Anakin, Tatooine, éclairé par deux étoiles (Traub 2012).

Voici donc une bien curieuse forme de prédestination,

qui relève à la fois d'une forme de grâce génétique quelque peu dérangeante et bien peu darwinienne. Elle fait, de ce point de vue, référence à la sélection génétique effectuée sur des générations par les femmes du *Bene Gesserit* afin de parvenir à l'élu, le *Kwisatz Haderach* de *Dune.*

Dans *Star Wars,* elle est compensée, si l'on peut dire, équilibrée par le fait que la Force n'est pas raciale, mais interespèces. En effet, si l'élu est un humain, en pensant d'abord qu'il s'agit d'Anakin puis comprenant qu'il s'agit de Luke, le second plus fort taux déterminant de *midichloriens,* après celui d'Anakin est celui de Yoda. Celui-ci n'a rien d'humain. On voit par ailleurs, notamment dans la prélogie, que les *Jedi* sont représentés par des espèces très différentes.

Néanmoins, rappelons qu'en dépit des polémiques suscitées par l'importance de ce taux de *midichloriens* dans le sang du *Jedi,* cette explication n'occupe qu'une place relativement mineure dans la prélogie. À aucun moment, elle n'accapare le récit d'une façon ou d'une autre. On n'assiste, fort heureusement, à aucune sélection génétique : que sait-on du taux de *midichloriens* de Padmé, à supposer que les femmes comptent, dans la conception de Luke et Leia ? Cela n'intéresse en rien George Lucas, pas plus que celui des bébés n'intéresse Obi-Wan et Yoda lorsqu'il s'agit de les cacher. L'explication donnée, elle ne revient plus, même si certains fans en gardent tout de même ombrage jusqu'à tout englober dans une même déception (Garcia 2015) : « Du mythe des défauts de la rationalisation, on en vient un jour ou l'autre à la rationalisation du mythe. C'est la clé de toutes nos déceptions. »

La définition de la Force

L'élu ne se reconnaît pas comme élu tout seul, il doit répondre à l'appel, traverser les épreuves et être reconnu par les forces supérieures qui l'adoubent et les siens ou alors échouer et basculer du côté obscur de la Force en vendant son âme à celui-ci. Voyons ce qu'est la Force.

La description littérale de la Force est une référence

directe au cinéaste canadien, Arthur Lipsett qu'admire George Lucas, notamment au court métrage *21-87* que celui-ci dit avoir visionné plusieurs dizaines de fois. On y entend la phrase suivante : « Dans la contemplation de la nature et en communication avec les autres êtres vivants, beaucoup de gens sentent qu'ils prennent conscience d'une sorte de force, ou de quelque chose, derrière le masque des apparences que nous voyons devant nous, et ils l'appellent Dieu. »

Cette phrase se retrouve dans la définition que donne Obi-Wan : « La Force est un champ d'énergie créé par tout ce qui vit. Elle nous entoure, nous pénètre, lie entre eux tous les éléments de la galaxie. »

De très nombreuses interprétations et références se croisent à propos de la Force. La science physique n'est pas absente sur ce sujet. Ainsi la physique aristotélicienne, qui a cours jusqu'au XVIIᵉ siècle, parle d'un cinquième élément, nécessaire au maintien des quatre autres comme une quintessence, incorruptible, indestructible, incréée. Au XIXᵉ siècle, pendant une dizaine d'années, on parle de l'éther comme un référentiel absolu. Dans le vocabulaire de l'astrophysique (Lehoucq 2004), on parle de la force de la gravitation qui « lie la galaxie ».

La Force s'inscrit donc dans un champ de références très large, à commencer par l'énergie vitale du *ki* présent dans la représentation de l'univers en Asie. Elle est la référence à l'énergie à l'œuvre dans l'univers que recherche le héros avec ou sans l'aide des dieux (Campbell 2010) : « C'est l'énergie miraculeuse de la foudre de Zeus, de Yavhé et du Bouddha suprême, la fertilité de la pluie de Viracocha, la vertu annoncée par la cloche qui sonne, pendant la messe, au moment de la consécration, et la lumière irradiée par l'ultime illumination du saint et du sage. »

Elle se déploie dans l'équilibre, en laissant entendre un côté lumineux/vivant et un côté obscur/porteur de mort. La Force est dès lors un pouvoir quasi mystique qui fait écho à la citation biblique (Livre des Maccabées, 3, 18–19) : « La victoire au combat ne tient pas à l'importance de l'armée, mais à la force qui vient du Ciel. »

Son pouvoir n'est pas sans rappeler celui de « la voix » dans *Dune*. Et de même, tout comme Paul, le héros de *Dune*, Luke doit apprendre à la maîtriser afin de l'utiliser pleinement. D'ailleurs l'une des premières séances d'entrainement au sabre laser de Luke, sous la conduite d'Obi-Wan où le jeune homme doit combattre à l'aveugle contre une sorte de boule robot volante, fait écho à celui de Paul contre un robot d'entrainement. Nous avons déjà signalé que les références à *Dune* sont nombreuses. Les premières versions scénaristiques du premier *Star Wars* ne mentionnaient pas d'ailleurs le vol des plans de l'étoile noire – l'enjeu dans *Un Nouvel Espoir* – mais celui d'un vaisseau d'épices, or l'épice constitue l'enjeu central dans *Dune* (Brennan 2006).

Apprendre à maîtriser la Force

Apprendre à maîtriser la Force revient à apprendre à se maîtriser soi-même. Dans *Dune*, Paul subit l'épreuve de la sensation de la douleur physique violente. Luke, quant à lui, subit celle de la douleur morale dans la grotte sur Dagobah. Cette lutte contre soi-même est représentée dans de nombreux mythes comme fondatrice du héros, par exemple dans le combat qui oppose Saint-George et le Dragon. Luke effectue une initiation particulière. Il pénètre dans une caverne pour y combattre un ennemi non désigné. Il se trouve finalement en face de Darth Vader en personne qu'il réussit à vaincre. S'approchant du cadavre, il s'aperçoit que le visage de l'homme terrassé est le sien. La caverne représente son propre esprit et le combat représente son combat contre le mal, c'est à dire contre lui-même.

La maîtrise de la Force passe aussi par la croyance, voire la foi, en ce même pouvoir et le recours à l'intuition qui lui est indissociablement lié. Yoda le dit à Luke lorsque celui-ci ne parvient pas à sortir son vaisseau du marais sur Dagobah dans *Le Retour du Jedi* :

Luke : « Je n'arrive pas à y croire ! »
Yoda : « Voilà pourquoi tu échoues ! »

Déjà, dans *Le Nouvel Espoir*, lorsque Luke attaque l'étoile noire et que la situation semble perdue, la voix d'Obi-Wan se manifeste en lui conseillant de ne pas utiliser les ordinateurs, mais d'écouter sa voix intérieure :

« Utilise la Force Luke ! »

Comme nous l'avons évoqué, cette croyance, cet apprentissage qui est d'abord spirituel, n'est pas sans évoquer les principes exposés dans la culture *New Age* qui se développe aux États-Unis à partir des années 1960. Celle-ci reprend des thématiques antérieures, mélangeant les origines bouddhistes, hindouistes et indiennes notamment, en proposant une vision de l'univers axé sur l'énergie cosmique, le messianisme, en faveur d'un monde nouveau et le développement personnel (Jullier 2010).

George Lucas ne fait d'ailleurs pas mystère d'avoir été inspiré par le livre de l'anthropologue (très controversé) Castos Canaleda, *L'herbe du diable et la petite fumée*, qui représente l'un des livres les plus importants de la contre-culture californienne des années 1960 et qui connaît un énorme succès. L'auteur dit avoir reçu ses enseignements d'un mentor indien Yaqui, Don Mateus. Il s'agit d'un parcours initiatique où l'on trouve une substance vitale – le Mescalito – dont le pouvoir évoque celui de la Force. Une forme de prédestination apparaît également (Castanedo 1984) : « Le Mescalito voulait dire que vous étiez l'élu (escogido). Il vous a désigné à moi et, en faisant cela, il m'a montré que vous étiez celui qui avait été choisi. »

La Force est représentée de façon parfaitement abstraite. Il n'y a pas de représentation visuelle, même symbolique, contrairement au Saint-Esprit que nous abordons plus loin. Ce dernier est, par exemple, figuré sous la forme du feu comme les langues de feu de la Pentecôte ou celle d'une colombe comme dans les représentations picturales du baptême du Christ par Jean-Baptiste. George Lucas semble avoir été tenté, au début, par une représentation sous la forme d'une boule de cristal, le « cristal Kiber ». On peut y voir une allusion dans la séquence finale de *La Menace Fantôme* lorsque la réussite de la Force est représentée par deux parties distinctes au centre du globe de cristal porté par le représentant de la reine. Lorsqu'Amidala s'empare du globe, les deux parties fusionnent. Lorsque Boss Nass, à son tour, soulève le globe au-dessus de sa tête, de ce brasier ardent émergent des éclairs de lumière, qui telles des décharges énergétiques inondent le globe et signent la victoire. Une visualisation rare de la Force probablement. Mais, mis à part cet épisode, finalement, la Force reste toujours abstraite, exprimée par son résultat, son action, ou par la voix qui parle à Luke. Le « storytelling » du *Nouvel Espoir* dit que George Lucas convainquit Sir Alec Guiness, qui trouvait son rôle bien court, d'intégrer la fonction de la voix en prolongation de son rôle et qu'il n'y perdrait rien. Il n'avait pas tort.

L'influence du Budo et du bushido

Le terme japonais de *Budo* est constitué de deux idéogrammes (Stevens 2002) : *bu* qui signifie « arrêter le fracas des armes », ce qui insiste sur le signe de recherche de la paix et *do* qui signifie la « voie vers la vérité », « le chemin de la libération ». Les deux concepts dominants de *Budo* sont donc « la voie de l'activité de l'éveil et du courage ».

L'enseignement des techniques secrètes du *budo* ne peut se transmettre que de maître à disciple, de génération en génération. Le fondateur de l'*Aïkido*, art martial plus familier à nos oreilles, Morihei Ueshiba (1888-1969) s'y référait ouvertement. Miyamoto Musashi (1584-1645) l'un des plus célèbres samouraïs, qui était pourtant un samouraï errant, un sans maître, un ronin, non conforme à l'organisation du monde des samouraïs, était aussi un grand artiste. Il rassemble les préceptes du *Budo* dans *Le Chemin à suivre*. Ceux-ci, au nombre d'une vingtaine, sont austères et intransigeants. Ils ne sont pas loin de ceux qu'évoque Yoda (Stevens 2002) :

1. Ne violez pas les lois de la société.
2. Ne cherchez pas le confort pour votre personne.
3. Ne jouez pas toujours gagnant (n'ayez pas d'inclinaison).
4. Pensez à vous avec légèreté, pensez sérieusement aux affaires du monde.
5. N'accumulez pas les désirs au cours de votre vie.
6. Ne nourrissez aucun regret concernant vos affaires personnelles.
7. Ne soyez pas jaloux ou envieux des affaires des autres.
8. Ne vous abandonnez pas au chagrin lorsque vous vous séparez de quelqu'un ou de quelque chose.
9. Ne vous trompez pas, ne trompez pas les autres.
10. Ne pensez pas à tomber amoureux.
11. Ne vous laissez pas enorgueillir par les objets physiques.
12. Ne pensez pas à vous établir.
13. Ne prenez pas des mets délicats pour vous même.
14. N'accumulez pas les possessions.
15. Ne surévaluez pas les objets physiques que vous possédez.
16. Ne soyez pas obsédé par la possession de belles armes.
17. Sur le chemin de la Voie, ne soyez pas effrayé par la mort.
18. Vénérez Bouddha et les dieux, mais ne comptez pas sur eux.
19. Abandonnez votre intérêt égoïste, et ne cherchez pas la gloire et la fortune.
20. Ne vous éloignez jamais de la Voie d'un Guerrier.

Ces règles font écho au code moral de la chevalerie européenne qui implique le rejet de la matérialité, de la concupiscence, en faveur de la droiture morale, de l'obéissance et de l'absence de peur face à la mort.

Le respect des règles sociales se retrouve également chez les *Jedi* qui ne s'impliquent pas directement dans l'exercice du pouvoir. La question se pose cependant à partir du moment où ils refusent de se plier aux nouvelles lois de la société, celles promues par le Sénat qui abdique en face du futur empereur. On observera également à quel point Anakin, au contraire de Luke, se soustrait peu à peu à ces préceptes, notamment à ceux concernant la vie affective, ce qui le mène au côté obscur de la Force. La dix-huitième règle est, par ailleurs, fort intéressante, car elle n'apparaît pas dans ce qui nous est dit des *Jedi* : point de Bouddha ou de dieux dans la saga. Mais son énonciation est savoureuse puisqu'il ne faut pas compter sur les divinités de toute façon : « Crois en Allah, mais attache ton chameau. »

Proche du *Budo*, le *Bushido* exprime dès lors, à l'instar du titre du célèbre livre *Bushido, Soul of Japan* écrit directement en anglais en 1905 (Nitobe 2010), l'âme et les valeurs de la culture japonaise portée par les samouraïs. Le *Bushido* signifie littéralement : « militaire-chevalier-voies ou pratiques » soit un code éthique que devaient apprendre et observer les chevaliers. Celui-ci s'érige vers la fin du XIIᵉ siècle avec l'accession au pouvoir du premier shogun du Japon, Minamoto No Yorimoto (1147-1199). Ses sources sont bouddhistes dans la recherche de la perception de l'absolu, shintoïstes dans la loyauté envers le souverain, la piété et le respect envers la mémoire des ancêtres et liées au confucianisme dans l'éthique et le respect des rites et de la hiérarchie sociale. Les concepts portés par le *Bushido* sont les suivants (Nitobe 2010) :

- La rectitude ou la justice : « La rectitude est le pouvoir de prendre une résolution selon une certaine ligne de conduite conforme à la raison, sans hésitation – mourir quand il est bon de mourir, frapper quand il est bon de frapper. »

- Le courage, l'esprit d'audace et la maîtrise de soi.
- La bienveillance et la compassion.
- La politesse.
- La véracité et la sincérité.
- L'honneur : soit les mots *na* signifiant le nom, *menmoku* signifiant la contenance et *guaibun* soit l'attitude qu'on donne à voir.
- Le devoir de loyauté.
- Le contrôle de soi.
- Les institutions du suicide et de la réparation.

Ils s'articulent sur l'apprentissage et l'entrainement, intimement liés, qui s'appuient sur trois principes qui sont le *chi*, le *yin* et le *yu* à savoir : la sagesse, la bienveillance et le courage. Les pratiques concernent les arts guerriers et artistiques qui sont indissociables, ce qui n'apparaît pas du tout dans *Star Wars*. Les arts guerriers comprennent l'art du sabre, le tir à l'arc, le *jujutsu* ou *yamara* soit le combat corps à corps, l'équitation, l'art de la lance et celui de la stratégie.

Dans la mesure où le genre du space-fantasy replace ces techniques dans son propre code de narration, on peut penser les retrouver dans la saga à divers degrés de représentation. Ainsi l'équitation est reprise dans le chevauchement de créatures diverses comme dans celle qu'utilise Obi-Wan Kenobi dans *L'Attaque des Clones*. Cependant le vaisseau spatial reste la meilleure métaphore du destrier. En revanche, les arts de la calligraphie, la littérature et la morale, qui font partie intégrante de l'enseignement du samouraï, n'entrent pas *a priori* dans l'éducation du *Jedi*.

Bien intéressant pour notre sujet est le dernier point, celui qui parle du suicide et de la réparation. Il n'y a pas de rite du *seppuku* qui consiste en un suicide par éventration. Comme nous le verrons plus loin, le corps est de toute façon bien trop absent dans *Star Wars* pour un tel choc visuel frontal. Cependant la métaphore existe et elle figure à plusieurs reprises : en acceptant la mort, en s'offrant à elle, dans une démarche sacrificielle et réparatrice, à l'instar d'Obi-Wan face à Darth Vader dans *Le Nouvel Espoir*, par exemple. Le suicide est métaphore encore lorsque, pour échapper à son père, Luke se jette dans le vide à la fin de *L'Empire contre-attaque,* même s'il en réchappe. Il est enfin significatif lorsque Darth Vader demande à Luke de lui ôter son casque, dans *Le retour du Jedi*, pour mourir dans la réparation de ses crimes, par la rédemption opérée par son fils qui commet, pratiquement parlant, un suicide assisté. Cette forme de mort fait écho à celle dont parle le neuvième précepte parlant du suicide soit (Nitobe 2010) : « J'ouvrirai le chemin de mon âme et je vous la montrerai telle qu'elle est. Voyez si elle est souillée ou pure. »

Ainsi, en mourant dans les bras de son fils Luke, Darth Vader-Anakin montre son âme, que son fils, à sa demande, met à nue.

Le samouraï ne va pas sans son sabre. S'il n'est pas fait de lumière, comme celui du *Jedi*, il est bien plus que cela, il est l'âme du samouraï, celui auquel il est initié dès son plus jeune âge. La première cérémonie, celle de *l'adoption per arma*, s'effectue à l'âge de cinq ans. On retrouve dans *Star Wars* ce processus démarré dès le plus jeune âge sans pour autant voir le cérémonial, qui est montré dans la prélogie. Il n'en demeure pas moins qu'aussi important, aussi fulgurant soit-il, le sabre laser du *Jedi* reste bien moins individualisé, bien moins sacralisé que ne l'est celui du samouraï.

Au sens phonétique du terme, le terme de *Jedi* fait écho au *jidai-geki*, un genre théâtral, cinématographique et télévisuel japonais. Il s'agit d'œuvres historiques relatant l'histoire médiévale du Japon. Il comprend des sous-genres comme le *chambara*, portant sur les combats de sabre et le *jidaimono* qui comprend les pièces de théâtre du *kabuki* et du *bunraku*. La référence à la culture japonaise et aux samouraïs est donc encore une fois profonde.

Le terme de samouraï signifie littéralement le « servant ». Il est proche de celui de chevalier (*knight* en anglais), mais également des *soldurii* qu'évoque César ou des *comitati* qui, du temps de Tacite, suivaient les chefs germaniques. Le terme est sino-japonais – *buke* ou *bushi* – soit chevaliers combattants. Rappelons que leur ordre fût officiellement abrogé par l'empereur à la période *Medji* entre 1867 et 1885.

La référence au samouraï apparaît à plusieurs niveaux. Sur le plan philosophique, la voix du *Jedi* reprend celle du *Budo* comme nous l'avons évoqué précédemment. Sur le plan du visuel guerrier, la tenue du samouraï inspire celle de Darth Vader, notamment son célèbre casque qui comprend le protège-nuque en demi-cercle destiné à dévier le sabre. Le masque que celui-ci porte sur le visage est tout aussi effrayant pour ses ennemis que celui que portaient les samouraïs. De même, les peintures guerrières de Darth Maul renvoient également au masque guerrier du samouraï destiné à impressionner l'adversaire.

Sur le plan cinématographique, une fois encore, l'influence de Kurosawa se manifeste dans la figure du samouraï avec des références évidentes à la *La Forteresse cachée* et aux *Sept Samouraïs*.

L'influence du *ki*

La Force est proche du *ki*, l'énergie vitale. Chinois à l'origine – on parle de *chi*, issu du taoïsme, utilisé aussi bien pour parler de sa présence dans l'univers que dans la vie quotidienne –, le *ki* est omniprésent dans la culture nipponne. Il est considéré comme une unité fondamentale de l'univers (Tohei 1977) : « Nos vies sont une partie du *ki* universel, enclose dans la chair de nos corps. Bien que nous disions que cela est "Je", vu avec les yeux de l'esprit, c'est en réalité le *ki* de l'univers. Quand nous respirons, nous inspirons le *ki* de l'univers avec notre corps tout entier. Quand la confluence de notre *ki* et de celui de l'univers est inaltérée, nous sommes en bonne santé et pleins d'entrain. Quand le flux est lent, nous devenons apathiques, et quand il s'arrête, nous mourons. »

En fait, en mourant, les hommes retournent dans le *ki* de l'univers, ce qui explique les fantômes. Cependant l'univers se manifeste dans sa dualité à l'instar du *yin* et de *yang* dans la spiritualité orientale. Le *yin* et le *yang* signifient l'ombre et la lumière, le froid et le chaud, le féminin et le masculin, la lune et le soleil, la glace et le feu... en marquant l'opposition dans l'interdépendance et l'équilibre nécessaire entre les deux forces. Ce sont les concepts fondamentaux de la philosophie orientale.

Il y a ainsi un *ki* positif et un *ki* négatif. La langue japonaise, qui utilise beaucoup le terme, exprime ainsi le beau temps en disant : « le *ki* du ciel est bon » ou qu'une chose est agréable : « le maintien du *ki* est bon ».

L'influence du Saint-Esprit

Présent dans l'*Ancien* et le *Nouveau Testament*, l'Esprit-Saint est progressivement défini comme la troisième hypostase (traduit comme « personne » aujourd'hui) de la Sainte Trinité – Le Père, le Fils et le Saint-Esprit – à partir du premier Concile de Nicée (325 après J.-C.). Il apparaît dès la *Genèse* comme « le souffle » de Dieu (Genèse 1, 2) puis comme le principe de vie qui crée Adam (Genèse 2, 7). Littéralement « esprit », il provient du grec *pneuma* qui signifie « souffle » puis du latin *spiritus*. Pour les chrétiens, c'est lui qui inspire et porte les prophètes, mais on le retrouve à l'œuvre partout, tout en partageant la même essence que le père et le fils.

La Force n'est donc pas loin. Cependant il faut nuancer cette proximité en la repositionnant dans une vision circulaire de l'univers, comme celle qui prévaut dans la spiritualité asiatique, et non dans un monde scindé entre le divin et l'humain, comme celle qui prévaut dans la spiritualité occidentale.

L'influence du chevalier et des templiers

On retrouve chez les *Jedi* plusieurs éléments qui sont inspirés par l'organisation de la chevalerie. On qualifie l'apprenti *Jedi* de *padawan* en écho au « damoiseau » de la chevalerie. Les règles de combat admettent que deux chevaliers puissent affronter un seul, à l'instar de ce que montre le duel entre Qui-Gon et le jeune Obi-Wan contre Darth Maul dans *La Menace Fantôme*. De même elles autorisent de frapper un homme à terre. On est loin de la représentation cinématographique classique du code d'honneur dans les films hollywoodiens interprétés par Errol Flynn.

À partir du milieu du XIIIe siècle, les origines nobles deviennent obligatoires dans le cadre d'une transmission essentiellement héréditaire. Ceci renforce le caractère très sélectif de la caste, non sans faire penser au mystérieux taux élevé de *midichloriens* présent dans le sang des *Jedi*. En revanche, les chevaliers sont assujettis à un suzerain, ils ont une dame de cœur que met en exergue l'amour courtois et ils jurent de défendre la veuve et l'orphelin, ce que l'on ne retrouve pas chez les *Jedi* de façon explicite ou prioritaire.

L'ordre des moines chevalier du Temple est créé en 1139 lors du Concile de Troyes. Ce sont les pauvres chevaliers du Christ et du temple de Salomon qui vont, durant deux siècles, protéger les pèlerins en partance pour Jérusalem, participer aux croisades et à la reconquête de l'Espagne. Puissants, ils deviennent redoutés et font les frais de la lutte entre le roi de France, Philippe Le Bel, et le Pape. L'ordre est dissous par le Pape Clément V en 1312 pour hérésie. L'ayant obtenu, Philippe Le Bel, lance l'ordre d'arrêter, de torturer et/ou de tuer les membres de l'ordre sous prétexte de complot contre le royaume (Druon 1970). Cette décision n'est pas sans rappeler la violente dissolution de l'ordre des *Jedi* accusé de comploter contre le pouvoir en place, dans *La Revanche des Sith*.

On retrouve ainsi chez les *Jedi* plusieurs références aux règles en vigueur dans l'ordre des Templiers. Ainsi le collège des treize qui gère l'ordre ressemble bien à celui des *Jedi* : leur tenue est constituée par une robe blanche, brune ou noire à capuchon, ils portent la barbe à l'instar de Qui-Gon, ils prêtent vœu de chasteté : « La compagnie des femmes est une chose périlleuse et souvent par le passé le diable, par le moyen des femmes, a poussé hors du droit chemin du Paradis, certains. » énonce le règlement de l'ordre (Jullier 2010).

Ils doivent également œuvrer sans aucune ostentation et se montrer discrets. C'est bien l'attitude des *Jedi* qui se déplacent sans armure ou signe visible de leur appartenance. Enfin, leur foi est naturellement essentielle à leur bravoure : « La victoire au combat ne tient pas à l'importance de l'armée, mais à la force qui vient du ciel. » dit déjà l'*Ancien Testament* (Livre des Maccabées, 3, 18–19).

Le corps dans la représentation de la mort

Ces influences ne sont pas neutres dans la représentation de la mort et du cadavre dans *Star Wars*. Un petit rappel des différents stades de représentation de la mort physique nous permet en effet de faire ressortir les traits spécifiques adoptés par la saga. Par ordre de décomposition et de métaphore visuelle, nous sommes confrontés :

- *Au cadavre* soit est celui qui est saisi à vif. Il est pris dans les premières heures de la mort du corps. Le cadavre a quelque chose à dire sur sa propre mort. Ce sont les corps calcinés des parents adoptifs de Luke dans *Le Nouvel Espoir*. Ils indiquent le meurtre. Ils sont très nombreux dans les représentations filmographiques, dans le western notamment.

- *À la dépouille mortelle* qui représente la réappropriation sociale du cadavre et sa réintégration dans le milieu social à la fois au niveau de l'exposition et de la cérémonie funéraire. L'exposition peut s'effectuer après le processus de l'embaumement qui est fréquent dans la culture américaine. La série américaine *Six Feet Under* explique très clairement ce procédé répandu aux États-Unis depuis les problématiques liées au rapatriement des corps des soldats durant la guerre de Sécession. La cérémonie funéraire de Padmé va dans ce sens.

- *À la charogne* qui renvoie à l'insupportable, en termes de décomposition, de putréfaction de la chair, la charogne offre une vision spectaculaire. La charogne fascine, comme l'écrivait déjà Baudelaire (Baudelaire 1857) : « Rappelez-vous l'objet que nous vîmes, mon âme, Ce beau matin d'été si doux, Au détour d'un sentier une charogne infâme, Sur un lit semé de cailloux, Les jambes en l'air, comme une femme lubrique, Brûlante et suant les poisons, Ouvrait d'une façon nonchalante et cynique, Son ventre plein d'exhalaisons. »

- *Au squelette* qui constitue l'ultime étape finale de la déstructuration corporelle, car celui-ci est décharné et nettoyé des aléas de la chair. Il est net, mais sans les liens de la chair il peut se trouver aussi disloqué comme en pièces détachées, il peut comprendre des parties manquantes. Le squelette est alors à recomposer comme un jeu d'osselets.

Qu'en est-il dans *Star Wars* ?

Les cadavres calcinés des parents adoptifs de Luke sont les rares cadavres souffrants, les rares corps abimés, tourmentés qui sont montrés. La scène fait écho à celle de *La Prisonnière du Désert (The Seachers)*. Dans ce western réalisé par John Ford en 1956, Ethan, interprété par John Wayne, découvre avec Martin, interprété par Jeffrey Hunter, le carnage commis par les Comanches. Cependant le point de vue est différent : la mort de ses parents adoptifs rompt les derniers liens de Luke à sa vie sur Tatooine et légitime son départ. Dans *La Prisonnière du Désert*, il n'y a pas de vue des cadavres. Il y a l'enlèvement de deux jeunes filles par les Comanches, dont une sera retrouvée morte rapidement. Toutefois, c'est surtout la fin d'un monde qu'incarne John Wayne. Le départ de Tatooine de Luke signifie au contraire le début. On ne retrouve cette vision d'un corps calciné que lors du combat entre Obi-Wan et Anakin lorsque celui-ci succombe sur les rives d'un fleuve de lave.

Les autres mises à mort sont « propres ». La souffrance existe dans les combats, cependant elle ne relève pas de la chair à proprement dit : peu de sang, nul viscère chez les héros. Nulle charogne ni même de squelette. On sent bien que Han Solo souffre lorsqu'il est congelé dans la carbonite sur Bespin dans *l'Empire contre-attaque,* son rictus indique l'extrême douleur. Mais elle reste « propre ».

Les autres créatures versent peu d'hémoglobine : dans le début de *l'Empire contre-attaque,* les viscères de la créature qui porte Han Solo au secours de Luke dans le froid terrible vont servir d'abri chaud, puant et maternel pour garder Luke en vie. Ce sont donc des viscères bienfaisants. Luke a d'ailleurs dû, peu de temps auparavant, trancher le bras du monstre de neige qui le retenait. L'image est néanmoins furtive, esthétique, quasi symbolique : une trainée de gouttes de sang sur la neige. Il en va de même lors du combat de Luke dans le *Retour du Jedi* avec le monstre enfermé que garde Jabba The Hutt, le Rancor. Lorsque la grille le tranche, le spectateur est soulagé, mais a presque envie de verser une larme avec le gardien du terrible monstre qui sanglote devant la mort de son « fauve ».

Les *Jedi*, pour la plupart, n'ont pas de cadavre, ils disparaissent comme dans un souffle bouddhiste. Les pilotes, les soldats explosent dans la disparition de leurs vaisseaux et leurs engins ou dans l'espace ou encore dans la gueule des monstres, mais sans une goutte de sang. La mort est « propre ». De ce point de vue, les massacres que commet Anakin envers la tribu qui a enlevé et torturé sa mère, dans *La Revanche des Sith*, obéissent aux mêmes codes tout en dérogeant dans le message. Aveuglé par la colère, il tue même les enfants. Le message est cruel. Tout comme, plus tard, lorsqu'Anakin massacre les très jeunes apprentis *Jedi* que le spectateur a déjà entrevus lorsqu'Obi-Wan cherche Yoda. Ce sont de très jeunes enfants habillés en tenue de *Jedi*, se préparant à devenir à leur tour des *Jedi*. L'image est très forte. Elle fait écho aux massacres des Innocents, représentés à plusieurs reprises dans les mythes, comme celui perpétré par Hérode lorsque celui veut prévenir l'avènement du Christ déjà né. Ainsi peut-on lire dans l'*Évangile de Saint Matthieu* (chap. 2, 16–183) : « Alors Hérode, voyant qu'il avait été joué par les mages, se mit dans une grande colère, et il envoya tuer tous les enfants de deux ans et au-dessous qui étaient à Bethléem et dans tout son territoire, selon la date dont il s'était soigneusement enquis auprès des mages. Alors s'accomplit ce qui avait été annoncé par le prophète Jérémie. »

Et on lit dans *Le livre de Jérémie* en effet (31 : 15, 4) : « Ainsi parle l'Éternel : on entend des cris à Rama, des lamentations, des larmes amères ; Rachel pleure ses enfants ; elle refuse d'être consolée sur ses enfants, car ils ne sont plus. »

Le symbole est en place, mais de façon détournée. Les enfants sont plus âgés, ce sont des *padawans*. Qu'importe. On n'entend pas les lamentations des mères. Il n'en demeure pas moins que la scène est puissante, d'autant plus que Padmé est enceinte parallèlement. La scène ne détaille pas les cadavres. Elle n'en demeure pas moins marquante. Curieuse juxtaposition.

Sur un autre plan, l'ouverture du *Retour du Jedi* conjugue ces formes de mise à mort et représente un exemple significatif. Il s'agit de la libération des condamnés à mort, à savoir Luke et Han Solo, l'assaut donné au vaisseau de Jabba le Hutt, la libération de la captive princesse Leia qui étrangle Jabba. Les morts sont propres, pas de sang versé. Les corps disparaissent, explosent, mais ni chair souffrante, ni sang. La mort reste propre, quasi abstraite.

5

Le côté obscur

De l'antihéros au méchant : la figure de l'ange déchu

À la fin de la prélogie, Le personnage d'Anakin bascule vers l'antihéros, Luke étant le véritable héros. Cependant le côté obscur de la Force n'est pas aussi manichéen. Il trouble. Reprenons les parcours. À commencer par celui d'Anakin alias Darth Vader.

Darth Vader personnifie le méchant. Il est difficile de dire le contraire, surtout si on a commencé, sur le plan générationnel, par la visualisation de la trilogie. Cependant, la fin de la trilogie et la prélogie nous apprennent qu'il reste toujours du bon en lui, car il reste un peu d'Anakin d'avant la chute dans la vision aimante qu'en a Padmé. Elle fait écho aux reproches bouleversés d'Obi-Wan sur Mustaphar lorsque ce dernier combat Anakin à la fin de *La Revanche des Sith*. Anakin représente l'espoir perdu. Il fait écho dès lors à la figure de l'antihéros qui fascine depuis la formation des grands mythes et qui revient régulièrement dans les récits. L'antihéros est celui qui ne porte pas les valeurs positives associées au héros. Le pléonasme semble facile, mais la figure est plus complexe, tout en se différenciant nettement au regard du spectateur de la figure du « méchant ». Elle s'articule sur quatre grandes catégories, à savoir :

- *Le héros sans qualité* : il s'agit d'un personnage ordinaire, vivant la vie de monsieur tout le monde dans un cadre spatio-temporel ordinaire également. Certains héros des films de Clint Eastwood représentent ces personnages ordinaires.

- *Le héros négatif* : il s'agit de la figure sombre, non dénuée de qualités héroïques, mais mises au service du mal. Il peut représenter également celui que poursuit le héros, une forme d'*alter ego* qui permet au héros de prouver son héroïsme.

- *Le héros déceptif* : il s'agit d'un personnage qui semble porter la promesse héroïque, mais celle-ci se trouve déçue soit par son incompétence, soit par le milieu spatio-temporel qui l'empêche d'exercer ses compétences.

- *Le héros décalé* : il s'agit d'un personnage ordinaire, plongé dans des circonstances extraordinaires qui le transforment (Siejka 2015).

Anakin s'apparente au héros négatif. Il est l'ange déchu pour avoir voulu aller trop loin, porté par la peur de la mort des êtres chers. Il a la volonté de dominer la mort, manipulé par l'empereur. En passant du côté obscur de la Force, il change de nom d'ailleurs : « Désormais tu t'appelleras Darth Vader », lui dit l'Empereur.

Le mythe est biblique, comme dans le *Livre d'Isaïe* qui fait presque écho aux paroles d'Obi-Wan sur *Mustaphar* (14, 12–15) : « Te voilà tombé du ciel, Astre brillant, fils de l'aurore ! Tu es abattu à terre, Toi, le vainqueur des nations ! Tu disais en ton cœur : Je monterai au ciel, J'élèverai mon trône au-dessus des étoiles de Dieu ; Je m'assiérai sur la montagne de l'assemblée, À l'extrémité du septentrion ; Je monterai sur le sommet des nues, Je serai semblable au Très Haut. Mais tu as été précipité dans le séjour des morts, dans les profondeurs de la fosse. »

La raison de la chute semble résider dans un orgueil et une volonté d'égaler Dieu et cette opinion a prévalu dans la tradition chrétienne. La notion « ange déchu » provient de la première section du *Livre d'Henoch* : un écrit de l'*Ancien Testament* généralement considéré comme un texte apocryphe et souvent rejeté par la plupart des doctrines. Il a néanmoins influencé profondément la tradition chrétienne. Selon cet écrit, la chute des anges aurait été provoquée par leur envie de procréer (1re partie, chap. 6) : « Il arriva que lorsque les humains se furent multipliés, il leur naquît des filles fraîches et jolies. Les anges, fils du ciel, les regardèrent et les désirèrent. Ils se dirent l'un à l'autre : allons-nous choisir des femmes parmi les humains et engendrons-nous des enfants. Shémêhaza qui était leur chef leur dit : je crains que vous ne renonciez et je serai tout seul coupable d'un grand péché. Tous lui répondirent : Jurons tous en nous vouant mutuellement à l'anathème de ne pas renoncer à ce dessein que nous ne l'ayons accompli et que nous n'ayons fait la chose. »

Anakin voulant aimer et avoir un enfant avec Padmé est donc très proche par cet aspect. C'est le parjure de l'amour du *Jedi*.

Darth Vader tue sans une once d'hésitation. Il étrangle à distance, sans avoir besoin de toucher son subalterne au début du *Nouvel Espoir*. Mais Darth Vader ne tue pas Leia et il est réticent à l'idée de tuer Luke en combat singulier. La cible est chaque fois détournée. Au début du *Nouvel Espoir*, ce n'est pas lui non plus qui ordonne de pulvériser la planète chère à Leia, *Alderaan*, dans une manifestation de la puissance du mal qui s'érige dans la cruauté et dans la gratuité de son action. La planète est pacifique. Leia supplie qu'on l'épargne en ce sens, au nom des innocents qui vont mourir. Il s'agit en outre de la planète où elle a été élevée, où elle a grandi. Moff Tarkin, le chef de L'Étoile Noire, balaie ces arguments. Il représente la figure du Mal. Il n'y a pas d'innocence pour le côté obscur de la Force, nulle arithmétique. C'est une première manifestation, quasi expérimentale, de la puissance de destruction de l'étoile noire. C'est un message. Le choc émotionnel n'en est que plus puissant.

Ceci ne peut que rappeler la bombe H envoyée sur Hiroshima et Nagasaki. La raison invoquée alors est d'en finir avec la guerre contre le Japon. La bombe est envoyée néanmoins sur des civils. De même, Moff Tarkin détruit Alderaan afin d'obtenir la reddition des rebelles en faisant plier la princesse Leia. La clameur des morts résonne dans l'espace. La référence ne peut passer pour involontaire.

La part de bon qui reste en Darth Vader ressurgit à la vue du corps souffrant de Luke, torturé par l'empereur, à la fin du *Retour du Jedi*. Luke l'appelle à l'aide, le nomme pour la première fois « père » et fait ressortir cette part de bon : « Père, s'il vous plaît… »

Acceptant la filiation avec le côté obscur de la Force, incarné par Darth Vader, Luke le ramène à la lumière, fidèle à l'étymologie de son prénom. Cette acceptation annonce-t-elle autre chose ? Comme une interpénétration réciproque ? On peut se poser la question.

La figure du mal

L'empereur, en revanche, est le méchant comme dans ses épiphanies antérieures, sous les traits du sénateur Palpatine alias Darth Sidious, puis sous ceux de l'empereur. La montée en puissance s'effectue méthodiquement, peu à peu tout au long de la prélogie. Sa vision despotique du pouvoir n'est pas sans faille néanmoins. Il a besoin d'attirer du côté obscur un disciple comme pour s'appuyer sur celui-ci. Il se sert ainsi de Darth Grievous qu'il sacrifie au profit de Darth Vader. Mais il propose à Luke de s'allier à lui au détriment de Dath Vader avant de disparaître, frappé par ce dernier, dans *Le Retour du Jedi*. Le côté obscur ne connaît pas de fidélité.

La figure du mal est donc bien représentée par l'empereur, comme dans *Dune*. Il est à noter que c'est le seul personnage qui traverse, avec son disciple, Darth Vader, la prélogie et la trilogie. C'est un étonnant empereur, un « monstre-tyran », figure d'une vieillesse aride, remplie de méchanceté et d'amertume, contrebalançant, point par point, la force positive des *Jedi*. Persuadé de sa toute-puissance, qui le mènera à sa chute, il incarne la définition donnée par Joseph Campbell (Campbell 2010) : « Le développement abusif de l'égo du tyran est une malédiction pour lui et pour la société dans laquelle il vit – aussi prospère que puissant semble aller ses affaires. Terrorisé par lui-même, traqué par la peur, en perpétuel état d'alerte et prêt, par avance, à repousser les agressions de son entourage – qui sont essentiellement le reflet en lui-même de ses propres impulsions incontrôlables d'acquisition – le géant de l'autarcie personnelle est un porteur de désastre à l'échelon du monde, quelque humanitaires que soient, les intentions dont il berce son esprit. »

L'empereur n'est pas sans faire référence au *Dr Mabuse*, tant dans le pouvoir hypnotique que celui-ci exerce sur ses créatures en les précipitant dans le mal et sa volonté de puissance, que dans la représentation visuelle qu'en fait Fritz Lang dans les films qu'il réalise sur ce personnage à partir de 1922. Le roman de Jacques Norbet paraît en 1921 en Allemagne : *Dr Mabuse, der Spieler* soit *Dr Mabuse, le joueur.* Il est adapté par l'épouse de Fritz Lang : Thea von Arbou. Il insiste également sur la fragilité de la république de Weimar, immanquablement liée à la montée en puissance du mal. Nous y reviendrons.

L'empereur renvoie aussi au « grand mécanisme » shakespearien qui, de *Richard III* à *Macbeth*, *Lady Macbeth*, de *Iago* à *Othello*, instaure un système inéluctable d'accession au pouvoir du mal (Kott 2009) : « Il est effroyable par son chuchotement et son affreux rictus. Mais il est fascinant. »

Tout comme l'empereur, qui fascine, selon ses atours, Darth Grievous, le Sénat, les *Jedi*, Anakin et peut être Luke ? Le côté obscur est toujours protéiforme.

Une figure du côté obscur en devenir ?

La Force semble rétablie dans l'équilibre à la fin du *Retour du Jedi*. Luke sourit, il a retrouvé sa sœur Leia qui peut vivre son histoire d'amour avec Han Solo, et les fantômes d'Obi Wan, Yoda et Anakin l'accompagnent (selon la version remastérisée ou non). Les Ewoks font la fête. Les droïdes sont de la partie. Pour un peu, on se croirait à la fin d'un épisode d'Astérix. Cependant, des indices demeurent. Et ils n'ont point échappé aux « mondes étendus ».

À plusieurs reprises, Luke en effet, est tenté par le recours au côté obscur. À trois reprises, de façon explicite, bien que différentes à chaque fois, il est confronté à sa filiation obscure et toute-puissante. Elle lui est proposée par Darth Vader, par l'empereur, mais elle revient également, sous une autre forme, décalée, par Yoda lorsque celui-ci lui dit qu'en ne finissant pas son initiation, il risque de basculer du côté obscur de la Force. On pense aux tentations qu'exerce le diable sur Jésus, celui-ci l'incitant à utiliser sa part divine (sa force) pour prouver sa toute-puissance. On trouve ces textes dans l'*Évangile de Saint-Luc* (4, 1–13) et de *Saint-Matthieu* notamment lorsque, baptisé, Jésus passe quarante jours et jeûne dans le désert (4, 1–4). Le diable le soumet à trois reprises à la tentation :

- Il propose à Jésus de transformer les pierres en pain afin de calmer sa faim.

- Il lui propose de se jeter dans le vide, du haut du sommet du temple de Jérusalem, afin que Dieu se manifeste en retenant sa chute.

- Il lui propose de s'incliner devant le diable afin d'obtenir tous les pouvoirs du monde.

N'ayant réussi tenter le Christ, le diable s'éloigne en attendant des heures plus propices. En va-t-il de même du côté obscur de la Force concernant Luke ? Les mondes étendus répondent que oui, mais pas dans *Le Réveil de la Force*.

6

L'amour et le sexe

L'amour parjure du Jedi : Anakin et Padmé

Contrairement aux samouraïs qui pouvaient avoir une épouse, les *Jedi* sont des moines guerriers assujettis au vœu de chasteté. Celui-ci, à l'instar de celui des Templiers, se traduit à la fois par l'abstinence sexuelle, mais également par le refus de tout attachement d'origine bouddhiste. Si les chevaliers de l'amour courtois avaient le droit de se référer à une Belle Dame, tel Lancelot volant au secours de Guenièvre, voire bien davantage (Rougement 1939), les *Jedi* n'y ont pas droit. Ainsi l'énonce Yoda, suivant les règles du *Budo*, il faut apprendre à se détacher de tout : « Entraîne-toi à renoncer à ce que tu crains de perdre. »

Dans la mesure où la souffrance mène à la colère et à la peur, l'injonction est logique du point de vue de Yoda. Se faisant, s'imposant, il renforce le risque de la même attraction. Cette problématique est traitée de deux façons différentes dans la saga, avec Anakin et Padmé, mais aussi autour de Luke et Leia.

Le déchirement que vivent Padmé et Anakin est au centre des deux derniers épisodes de la prélogie. Il fait écho à de nombreux conflits que vivent ceux qui sont confrontés, de façon tragique, à un amour éprouvé par de jeunes gens et que les règles sociales interdisent. L'interdiction est de deux niveaux. Pour Anakin, l'amour est interdit chez les *Jedi*. Padmé, quant à elle, lutte contre une interdiction d'ordre moral : elle dit qu'elle ne peut supporter de vivre dans le mensonge ou en se cachant, si elle cédait à l'inclinaison grandissante qu'elle éprouve pour le *Jedi*. Padmé se refuse, sauf en situation de grand danger où se pensant sur le point de mourir, elle avoue la réciprocité de son amour en embrassant Anakin, en pénétrant dans l'arène dans *La Guerre des Clones*. Elle rejoint ainsi les grandes héroïnes amoureuses qui déclarent leur amour dans la minute de vérité, et peuplent ainsi, pour notre plus grand plaisir, les mythes : Ariane et Thésée, Guenièvre et Lancelot, et d'innombrables scènes de films, ainsi dans *Le Dernier des Mohicans* ou bien encore *Matrix*. L'image est aussi présente, même si l'échange de baiser est symbolique, quand Leia avoue son amour à Han Solo au moment où ce dernier va être congelé dans de la carbonite dans *L'Empire contre-attaque* :

Leia : « Je t'aime. »
Han : « Je sais. »

Les fans sont aux anges. L'expression est voulue.

Pour Anakin et Padmé, cet aveu d'un amour qui devient réciproque se complique et relance le suspense amoureux avec la survie des héros à l'issue de la scène de combat dans l'arène. Leur différence d'âge, en revanche, ne pose pas de problème : Padmé vieillit lentement tandis qu'Anakin grandit vite. Les interprètes semblent avoir quasiment le même âge dans *La Guerre des Clones* alors qu'une période floue de 6-8 ans, du point de vue du spectateur, doit les séparer lors de leur première rencontre sur *Tatooine* dans *La Menace Fantôme*. Rien de choquant néanmoins dans le monde des mythes où les âges s'entrelacent sans soulever d'émoi particulier. Qui s'intéresse à la différence d'âge entre Hélène et Pâris ? Cette insignifiance est encore plus présente dans le monde du conte : *La Belle au bois dormant* dort sans vieillir, tout comme *Blanche neige*, en attendant le prince charmant. La Bête redevient jeune homme. L'amour efface les marques du temps.

Leia et Luke ou la tentation de l'inceste

Bien intéressante est la tentation de l'inceste entre Leia et Luke que résout l'idylle de cette dernière avec Han Solo. Elle se double des lectures chronologiques de leur attirance qui fait effet de suspense lorsque sort le premier épisode en 1977. En effet, le spectateur ne sait pas encore que Luke et Leia sont frère et sœur, qu'ils ont été élevés séparément. Le risque de l'inceste s'insinue en revanche à la suite de la prélogie visionnée de l'épisode I au VI, car, cette fois, le spectateur sait. Certes il n'y a rien de torride et il est à noter que c'est Leia qui est actante de façon fort mesurée. Elle donne un bref baiser à Luke avant de franchir avec une corde un précipice – comme Tarzan et Jane – alors qu'ils sont poursuivis par les troupes de Darth Vader dans *Le Nouvel Espoir*.

Plus tard, dans *L'Empire contre attaque*, afin de provoquer Han Solo qui l'exaspère, elle embrasse Luke, qui est couché dans un lit en convalescence. Celui-ci affiche de suite un air de satisfaction désuète vis-à-vis du même Han Solo, ce qui indique à quel point cette scène se joue en tension amoureuse entre Han Solo et Leia.

Pourtant, l'attirance entre des frères et sœurs élevés séparément parcourt les mythes. On parle de l'attirance sexuelle génétique dont le mythe d'Œdipe signe l'impossible interdiction. La plupart du temps, elle ne se résout pas dans la prudence morale observée par George Lucas qui fait dévier l'histoire sur Han Solo et Leia. À l'instar de ce sur quoi joue *Star Wars*, l'une des questions essentielles réside dans la connaissance ou non de la parenté au moment de la tentation amoureuse. D'ailleurs à la fin du *Retour du Jedi*, ne connaissant pas encore ce lien de parenté, Han Solo est prêt, croyant Leia amoureuse de Luke, en les voyant parler l'un avec l'autre sans les entendre, à laisser sa place à Luke. Il semble de ce fait bien dépassé par les événements. On le serait à moins, car cette attirance sexuelle génétique garde bien des mystères que les mythes et les légendes ont largement explorés. Si l'on met de côté les mythologies égyptienne et grecque où les mariages entre frères et sœurs, sans avoir été nécessairement séparés, donc parfaitement conscients du lien de parenté, semble-t-il, abondent notamment dans les plus hautes sphères : Isis est la sœur et l'épouse d'Osiris, Héra est la sœur et l'épouse de Zeus. L'histoire est récurrente. Dans l'*Ancien Testament*, Abraham épouse sa demi-sœur Saraï (Genèse 12 & 20). Dans le cycle arthurien, Arthur a un enfant avec sa sœur (ou demi-sœur selon les écrits) Morgause alors qu'il ignore leur lien de sang, Mordred, qui d'ailleurs affrontera son père. Dans *Les Walkyries* de Richard Wagner, les jumeaux sont séparés à leur naissance et Siegmund épouse Sieglinde avec laquelle il aura Siegfried. Chez Tolkien, dans *The Tale of the Children*, Nienor et Turin, se retrouvent sans se reconnaître, tombent profondément amoureux l'un de l'autre et se marient. Et d'ailleurs personne ne sait si, une fois sauvés, Hansel et Gretel ne s'épousèrent pas...

La princesse et le voyou

Le baiser donné par Leia à Luke est le baiser destiné de façon détournée à Han Solo. Il s'agit entre Leia et Han Solo d'un marivaudage très classique qui entre en connivence avec le spectateur pour son plus grand plaisir. Leia est une princesse qui commande et Han Solo est un pilote-mauvais-garçon-bagarreur. Ainsi la série *Moonlihting* (*Clair de Lune*) l'a exploité sur plusieurs saisons, dans les chamailleries amoureuses entre la patronne Maddies Hayes (Cybill Shepherd) et le mauvais garçon-enquêteur-bagarreur, Davis Addison Jr. (Bruce Willis).

On reprend là, les codes cinématographiques de disputes/attraction amoureuses comme dans les films mettant en scène le couple (à la scène comme à la ville) formé par Katharina Hepburn et Spencer Tracy, ainsi dans *Adam's Rib* (*Madame porte la culotte*) de George Cukor en 1949. D'ailleurs, lorsque Han Solo rencontre pour la première fois, dans *Le Nouvel Espoir*, la princesse Leia, il pose tout de suite les principes du marivaudage, soit un jeu de discours en tension décalée avec les sentiments des personnages : « Épatante cette fille ! Ou je la démolis, ou je tombe amoureux, c'est tout l'un ou tout l'autre. »

L'humour des propos, qui est décodé par le spectateur de façon immédiate, véhicule une connaissance des personnages en amont de ces derniers et procure un plaisir avéré. Ce à quoi, plus tard, dans *L'Empire contre-attaque*, Leia répond en disant lorsqu'il s'agit d'échanger le premier baiser :

Han : « Pourquoi vous me suivez ? Vous avez peur que je ne vous donne pas un petit baiser d'adieu ? »

Leia : « Autant embrasser un wookie. »

Han : « Oh, mais je peux arranger ça ! Et ça vous ferait pas de mal d'ailleurs. »

Cet échange fait écho, entre autres, à celui présent dans *Chantons sous la Pluie* (réalisé par Gene Kelly et Stanley Donen en 1952), bien qu'il ne mène pas à une histoire amoureuse, car Don Lockwood ne veut surtout pas embrasser son odieuse partenaire de film muet, mais il s'articule de la même façon :

Don Lockwood : « Je préférerais embrasser une tarentule ! »

Kathy Selden : « Vous dites ça pour rire... »

Don Lockwood : « Joe, apporte-moi une tarentule ! »

Très classique, mais toujours délicieux. Padmé et Anakin, bien plus dramatiques, puis tragiques, n'ont pas ce type d'échanges là. Plus loin dans la trilogie, en dépit de tout le temps passé ensemble et les épreuves traversées, les amoureux restent très discrets et jamais démonstratifs. Ce qui écarte la référence à *Dune*, beaucoup plus explicite sur le sujet : Paul couche avec sa dame de cœur ou à *Matrix* où l'on voit Néo et Trinity faire l'amour. En revanche la parenté est plus proche de la représentation amoureuse dans *Indiana Jones*, scénario sur lequel a travaillé George Lucas et films qu'il a coproduits avec son ami Steven Spielberg.

On compte trois baisers, toujours furtifs, à chaque fois plus symboliques que sensuels : dans *L'Empire contre-attaque*, et dans *Le Retour du Jedi*, où Leia embrasse Han Solo lorsqu'elle le ramène à la vie. Elle n'est pas reconnaissable au départ, elle porte un masque et une tenue de guerrier, sa voix est contrefaite sur un ton masculin. Avant de révéler sa véritable identité, c'est le prince charmant qui réveille son amoureux endormi.

Comparativement, Padmé et Anakin s'embrassent au moins trois fois dans *La Guerre des Clones*, s'enlacent de plus en plus au fur et à mesure que les côtés noirs de la Force les entourent (on les voit même couchés dans leur lit) dans *La Revanche des Sith* jusqu'au retournement lorsqu'Anakin commence à étrangler Padmé. Mais de sexe que nenni. Disney peut dormir tranquille. La seule scène où la princesse Leia est sexy, c'est lorsqu'elle est enchaînée en bikini aux pieds de Jabba The Hutt, dégoutante grenouille-limace qui lui lèche le visage en faisant fantasmer des générations d'adolescents. Le sexe, c'est dégoutant. Ce passage où Leia est dans une figure d'esclave fait davantage penser à la princesse Judith de la *Bible* qui se sacrifie pour sauver son peuple lorsque le général Holopherne vient conquérir Jérusalem. Cette dernière séduit et couche avec le tyran, mais lorsque celui-ci s'endort, repu, elle lui tranche la tête et ramène ce trophée au peuple d'Israël (Livre de Judith, 13, 6–10) : « Elle s'avança alors vers la traverse du lit proche de la tête d'Holopherne, en détacha son cimeterre, puis s'approchant de la couche elle saisit la chevelure de l'homme et dit : Rends-moi forte en ce jour, Seigneur, Dieu d'Israël ! Par deux fois elle le frappa au cou, de toute sa force, et détacha sa tête. Elle fit ensuite rouler le corps loin du lit et enleva la draperie des colonnes. Peu après elle sortit et donna la tête d'Holopherne à sa servante, qui la mit dans la besace à vivres, et toutes deux sortirent du camp comme elles avaient coutume de le faire pour aller prier. Une fois le camp traversé elles contournèrent le ravin, gravirent la pente de

Béthulie et parvinrent aux portes. »

Dans *Star Wars*, Leia – qui tue rarement de façon aussi directe et à mains nues – étrangle Jabba avec la chaîne qui la retenait esclave. Elle se trouve là, comparativement aux forces en présence, dotée d'une force biblique.

Une autre question pourrait être posée sur le couple formé par Han Solo et Leia à partir du moment où l'on sait que, sœur de Luke, la Force doit être puissante en elle aussi. Cela pourrait-il poser un problème dans la mesure où celle-ci porte la Force en elle également ? Ce dilemme n'est pas posé par George Lucas. Est-ce parce que Leia est une femme ? Est-ce parce qu'en dépit de la puissance de la Force qui est en elle, cette prédestination ne peut la conduire à être une *Jedi* ?

Il y a pourtant des femmes *Jedi*. On en voit, lors des combats dans l'arène dans *La Guerre des Clones*. Notamment Aayla Secura qui est l'une des rares survivantes. Elle propose la nomination d'Anakin comme *Jedi* lors du conseil. On la retrouve dans *La Revanche des Sith*, où elle dirige une faction de clones jusqu'à sa mort lors de l'élimination des *Jedi* décidée par Palpatine. Certes il ne s'agit pas exactement d'êtres humains. Il n'en demeure pas moins qu'il s'agit de femmes, Aayla Secura étant une fort belle et courageuse Twi'lek *Jedi*.

La conception virginale

On rappellera, pour finir, que Shmi Skywalker ayant mené une conception virginale est écartée de la question. On ne sait pas grand-chose de la suite, même si on peut imaginer que son mariage avec Cliegg Lars, qui l'a achetée et affranchie, a pu être un mariage « normal », comprenant une vie sexuelle « normale ». Mais en l'absence de la vision de demi-frère ou de demi-sœur d'Anakin, lorsque celui-ci se rend dans le désert là où ils habitent, près de la ville de Mos Eisley, la question reste écartée.

85

7

Des machines dociles

La malédiction prométhéenne

Il y a longtemps, bien longtemps dans une galaxie lointaine, la place de la technologie était déjà... bien complexe.

En effet, le vaisseau spatial du Faucon Millenium que pilotent Han Solo et Chewbacca, qui est capable, quand tout est en place, de passer la vitesse de la lumière et de disparaître aux yeux de ses ennemis, si puissants soient-ils, est la plupart du temps rafistolé à coups de marteau. Haute technologie et couteau suisse en quelque sorte. Dès *Le Nouvel Espoir*, Leia est narquoise sur le sujet. Elle qualifie Han Solo de plus courageux qu'elle ne le pensait au vu de l'état du vaisseau spatial. Pourtant elle a confié son message d'appel à l'aide destiné à Obi-Wan Kenobi à un petit robot rondouillard roulant qui ne parle même pas, R2-D2.

Cet exemple est représentatif de la complexité du rapport à la technologie dans *Star Wars*. Celle-ci est à la fois présente, souvent du côté des forces du mal, puissante, mais défaite relativement aisément au final grâce à la Force. Il faut admettre, dans le pacte fictionnel, que le sabre laser du *Jedi* n'a aucun rapport avec la haute technologie. Vraiment ? L'étoile noire en revanche : oui.

Mais le pacte fictionnel a efficacement bien fonctionné ainsi. On ne peut le nier. Les mythes référents sont puissants et il est compréhensible que les spectateurs aient adhéré si aisément, à cette vision inquiète et à la fois rassurante de la technologie et des machines. Il est difficile de ne proposer qu'une seule interprétation tant elles sont présentes dans notre imaginaire collectif. Nous reprendrons par conséquent les fondamentaux à supposer qu'ils existent tant la crainte est ancienne. Nous parlons de deux mythes qui s'affrontent dans la psyché collective à partir de celui de Prométhée et du Golem. Attardons-nous un instant sur ces mythes.

Commençons par Prométhée. Tout le monde tente de parler de ce mythe qui nourrit de très nombreux récits et de nombreux films, pensant le connaître. Mais en quels points s'articule-t-il dans *Star Wars* ?

Il n'y a ni foie dévoré par un aigle en punition, ni Caucase et pourtant, le mythe est plus riche. Reprenons-le dans sa version la plus reconnaissable.

Prométhée, qui a dérobé le feu aux dieux pour le transmettre aux hommes, est châtié comme le racontent Hésiode puis Eschyle. Ce ne fut pas le seul motif, il avait également trompé Zeus en lui proposant une offrande de moindre qualité composée d'os et de graisse de bœuf joliment présentés, tandis qu'il avait gardé pour les hommes la chair savoureuse de la viande cachée sous les entrailles. Il fut emmené par les serviteurs de Zeus, la force et la violence, sur le Caucase (Hamilton 2005) : « à la crête d'un rocher élevé/Avec des chaînes que nul jamais ne pourrait briser. »

Enchaîné, Prométhée refuse de dire à Zeus, via Hermès, le nom de la femme qui mettrait au monde le fils qui le détrônerait. Il est alors condamné à avoir le foie dévoré. Bien plus tard, c'est Héraclès qui le délivre. Le mythe impose, entre autres, l'idée que la source de la technologie est une transgression par rapport à la nature.

Le mythe du Golem, quant à lui, impose l'idée que la fabrication d'une créature artificielle mène à la destruction du créateur. Reprenant l'interdiction biblique de reproduire le vivant, le mythe renforce la méfiance vis-à-vis de la technologie (Heudin 2008).

Cette dimension mythique se superpose à celle de la technologie contre la nature. Elle prend plusieurs formes, celle de l'urbanité opposant Tatooine la sablonneuse, Naboo l'équilibrée, Endor la forestière à Coruscant qui représente la ville aux multiples circulations urbaines et sururbaines. On la retrouve dans le conflit entre les armées de l'empereur contre les Ewoks ou les droïdes de la Fédération du Commerce contre Jar Jar et les Gungans. De même, mis en mouvement dans une gestuelle mécanique aveugle, les droïdes B1 font penser aux balais qui échappent à l'apprenti sorcier – Mickey – dans la célèbre séquence réalisée par James Algar au sein du film *Fantasia* de Walt Disney en 1940.

Dès lors, du bienveillant binôme des deux robots qui accompagnent les héros aux droïdes B1 et aux clones tueurs, le rapport hommes-machines se décline du bien vers le mal sans jamais cesser de dépendre de la volonté créatrice humaine. Notons au passage qu'il n'y a pas d'intelligence artificielle (IA) dans *Star Wars* contrairement à Hal dans *2001 – L'Odyssée de l'Espace* ou Skynet dans *Terminator*.

De la main reconstituée au cyborg

La main droite coupée est récurrente dans *Star Wars* : celle d'Anakin coupée par Dokuu, celle de Luke par Darth Vader. La main coupée est reconstituée sans paraître avoir été « augmentée ». Il s'agit toujours de la main droite. D'ailleurs, dans *L'Empire contre-attaque*, Luke coupe aussi le bras droit de la créature des neiges qui le retient prisonnier. La technologie se met au service de l'homme sans lui apporter de pouvoir supplémentaire, elle se fait réparatrice.

Mi-homme mi-machine, Darth Vader renvoie au cyborg. Mais devenant machine, il devient en même temps, entièrement, la créature de son créateur, l'empereur. Anakin qui créait des machines devient à son tour une machine parce qu'il a voulu modeler le monde, vaincre la mort, gouverner les galaxies comme il l'a proposé à Padmé dans *La Revanche des Sith* : « À nous deux, nous pouvons gouverner la galaxie, la modeler de la façon qu'on veut. »

Emporté par son délire mégalomane, nourri par Palpatine, il finit par croire que le monde est une machine qu'il peut dominer. Ce parcours tragique rappelle celui d'Icare. En effet, Icare tout comme son père, le grand sculpteur Dédale, utilise des prothèses, des ailes fabriquées par Dédale en l'occurrence, afin de s'enfuir du labyrinthe. En dépit des conseils de son père – comme ceux d'Obi Wan à Anakin – Icare s'envole au sens étymologique du terme, s'approche trop près du soleil qui fait fondre la cire tenant ses ailes et le fait chuter dans les flots. Dédale effectue prudemment la même traversée sans problème parce qu'il ne défie pas le soleil divin.

Ce qui reste de bon en Anakin, comme le dit Padmé, avant de mourir à Obi-Wan, c'est donc sa part d'humanité. Le corps souffrant de Darth Vader recomposé en une forme de « machine respirante », asthmatique, évoque la création de Frankenstein, mais sans intervention surnaturelle. En effet, la créature du Docteur Frankenstein résulte de l'assemblage de parties de cadavres et prend vie grâce à l'intervention de la foudre, vecteur d'une énergie quasi divine (Shelley 1817). La scénographie de la mise en mouvement d'Anakin, devenu Darth Vader, renvoie à l'icône du film réalisé par James Whale en 1931.

Un autre cyborg apparaît dans la Prélogie, il est impressionnant puisqu'il comporte quatre bras mécatroniques, armés et efficaces, il s'agit de Darth Grievous. Manipulé sans qu'il ne le comprenne par le chancelier Palpatine, son intelligence semble inversement proportionnelle à sa technique guerrière.

R2-D2 et C-3PO

Les deux robots les plus célèbres de la saga occupent une place à part et à des niveaux hiérarchiques inégaux. On parle de « droïde » soit un diminutif d'androïde qui réfère plutôt à un robot humanoïde.

Bien plus qu'un observateur, et donc contrairement à C3-PO, R2-D2 est un héros déterminant qui dénoue les situations essentielles dans la prélogie comme dans la trilogie. Il sauve en effet plus d'une fois les *Jedi* de par sa propre initiative et sa débrouillardise. R2-D2 et C-3PO forment un duo qui se chamaille fort souvent, inspiré par celui de Laurel et Hardy, mais surtout par les deux paysans Tahei et Matashichi qui accompagnent le général Rokurota Makabé, dans le film *La Forteresse cachée* de *Kurosawa* dont nous avons déjà parlé à plusieurs reprises. R2-D2 s'inspire également des robots Huey Dewey et Louie dans le film *Silent Running* de Douglas Trumbull (1972). L'apparence de C-3PO fait écho, quant à elle, à celle de l'androïde Futura du film *Metropolis* de Fritz Lang. Fabriqué par le jeune Anakin dans *La Menace Fantôme*, il revêt sa carcasse dorée lorsqu'il rentre au service de Padmé sénatrice de Naboo. Cousin du célèbre robot Asimo développé au Japon par la société Honda, il rassure par sa représentation humanoïde, sa démarche bipède incertaine et son attention bavarde aux autres personnages. Cousin aussi du Tin Man du film *Wizzard of Oz* de Victor Fleming (1939), dont il rappelle les pannes, le besoin d'entretien technique, une expression permanente d'étonnement et aussi, sa fidélité aux héros (Heudin 2015).

S'il s'agit bien la plupart du temps d'un duo, celui-ci ne s'articule pas sur des partenaires égaux comme ceux des films que nous avons cités. R2-D2 domine nettement son partenaire. Le petit droïde, têtu et débrouillard, est le sauveur de nombreuses situations où les héros sont en danger. C'est un robot « astromech », c'est-à-dire un astronaute-copilote et mécanicien, spécialisé dans l'entretien des vaisseaux spatiaux, notamment les chasseurs X-Wing. Il accompagne de ce fait Luke sur son vaisseau comme son assistant, bravant courageusement les tirs des combats et les poursuites. Il est d'ailleurs présent sur Dagobah lorsque Luke va poursuivre son initiation de *Jedi* auprès de Yoda. Enfin s'il ne s'exprime que par des « beeps » qu'il module en fonction des situations. Il est pourtant bien plus efficace que C-3PO qui, bien que maîtrisant « six millions de langues », ce qui inclut les langages informatiques, ne parle, en général, que pour ne rien dire. Il traduit, la plupart du temps, les sons émis par son compagnon. Cependant au fur et à mesure, il apparaît qu'Anakin et Luke comprennent également le curieux langage du petit droïde. En dépit d'une locomotion qui n'est pas toujours appropriée, ses fonctions restent impressionnantes comme s'il s'agissait d'un « couteau suisse robotique » : il répare, transporte des informations, produit des images holographiques, éteint le feu, se déplace au fond d'un étang, envoie des décharges électriques, déverrouille, combat les autres robots (Heudin 2015).

Des droïdes esclaves

Qu'ils soient bienveillants ou malveillants, les robots restent les créatures esclaves des hommes qui les ont créés. Ils sont fabriqués par eux, comme Anakin enfant qui, dans *La Menace Fantôme*, conçoit et assemble C-3PO. Celui-ci le qualifiera d'ailleurs de « créateur » et de « maître » dans *La Guerre des Clones*.

Ils sont également volés et vendus, comme C-3PO et R2-D2 par les Jawas qui les mettent en cage en compagnie d'autres robots dans *Le Nouvel Espoir*, à l'instar de Pinocchio. Ils peuvent être torturés, marqués au fer rouge comme dans *Le Retour du Jedi* : « Ah nous sommes faits pour souffrir » dit C-3PO.

Mais il n'y a pas de révolte des machines dans *Star Wars*. Nous ne sommes pas dans *Terminator* et il n'y a pas d'IA malfaisante comme Skynet.

On peut distinguer cinq classes de droïdes qui s'articulent sur leurs capacités cognitives et leur degré de conscience. Nombre de ces robots existent par ailleurs dans notre quotidien plus ou moins identifiés (Heudin 2015).

- La classe 1 comprend les robots qui aident les humains dans l'exécution de tâches bien précises et souvent mécaniques comme les robots médicaux qui aident les médecins et les chirurgiens, notamment ceux qui accouchent Padmé à la fin de *La Revanche des Sith*.

- La classe II comprend les robots qui sont spécialisés dans l'ingénierie technologique comme les droïdes

« sonde » à l'œuvre dans *L'Empire contre-attaque* ou les robots astromech qui assistent les pilotes comme le bleu R2-2D ou le rouge R4.

- La classe III comprend les robots qui interagissent avec les humains comme les droïdes de protocole dont fait partie C-3PO, les servants qui font office de majordomes ou maîtres d'hôtel, les tuteurs qui participent à l'enseignement et les gardes d'enfants.

- La classe IV comprend les robots qui sont programmés pour le combat et la défense. Ils sont nombreux dans la saga, notamment dans la prélogie. Ils comprennent les droïdes de sécurité rarement armés, les gladiateurs qui font écho à l'image que nous avons de la période romaine, les militaires qui peuvent être fabriqués en masse et les assassins qui sont là pour tuer.

- La classe V comprend les robots qui effectuent des tâches simples dont personne ne veut. Ils peuvent être manutentionnaires, spécialisés, ou encore affectés à des zones dangereuses.

Des droïdes intelligents ?

Démantibulé, C-3PO continue à s'exprimer, son intelligence est dans sa tête. R2-D2 exprime par des « beeps » et des sifflements ses émotions de façon complexe. Les autres droïdes semblent plus rustres, leur mémoire est remise à zéro régulièrement. Sans doute est-ce pour cette raison que leur révolte reste peu probable. Sont-ils intelligents ?

C-3PO en aurait-il confusément conscience lorsqu'il supplie de ne pas être désactivé : « Ce n'est pas ma faute, Maître. S'il vous plaît, ne me désactivez pas ! »

L'inquiétude, nourrie par des siècles de peur des machines, résonne par ailleurs dans les paroles d'Obi-Wan dans *L'Attaque des Clones* : « Eh bien, si les droïdes pouvaient penser, il n'y aurait aucun d'entre nous aussi.

N'est-ce pas ? »

Il n'est pas exclu cependant que certains robots dans la saga pensent, comme à leur façon, C-3PO et R2-D2. D'autres créatures artificielles, comme les clones guerriers n'obéissent qu'à une unité centrale, à une décision humaine. La centralisation détermine l'automatisme, le répliquant et la machine. Son coup d'arrêt stoppe le mouvement des machines. C'est ce qui se passe dans la bataille entre les clones et les *Gungans*, c'est ce qui se passe entre les *Ewoks* et les machines guerrières. C'est David contre Goliath qui signifie l'impasse de la haute puissance de la technologie. Car si George Lucas ne semble guère redouter les robots, ce n'est pas pour la même raison qu'Isaac Azimov. Pour ce dernier, les trois lois de la robotique, en dépit de la complexité de leurs interactions, ôtent tout fondement à la peur des machines qui viendraient, un jour, décider de se révolter et de détrôner leurs créateurs (Heudin 2013).

Dans *Star Wars*, même si les robots peuvent être utilisés à des fins malveillantes, voire meurtrières comme dans *L'Attaque des Clones*, ils ne le font pas de leur propre fait, ils restent parfaitement obéissants, centralisés et anonymes. Du côté des utilisations bienveillantes, ils peuvent, à l'instar de C-3PO et de R2-D2 se débattre dans des situations ridicules ou comiques qui relativisent la portée de leur intelligence au regard de celle des humains. La culture technologique de la saga reste proche de la robotique des films des années 50, plus rassurante, moins manichéenne, mais peut être plus réaliste au final que celle des fictions apocalyptiques qui déferlent ensuite sur les écrans.

8

Histoire et politique : entre dictature et rebelles

République, Empire et rebelles

George Lucas fait partie des générations américaines qui se sont opposées à la guerre du Vietnam. Réformé pour cause de léger diabète, il n'a pas été envoyé sur le front. Néanmoins, les références politiques à cette guerre, emblématique d'autres conflits également, sont nombreuses dans *Star Wars* dans la représentation du combat entre la rébellion et l'Empire.

Son premier travail d'étudiant, *Look at Life*, parle déjà de la guerre du Vietnam. Il semble que cette lecture de *Star Wars* soit en effet, explicite tant dans les commentaires (Kyle 2014) : « Lucas a vu *Apocalypse Now*, *American Graffiti* (sorti en 1962) et *Star Wars* comme une trilogie thématique vaguement liée à explorer la guerre en Asie du Sud-Est, la gloire d'avant la chute, et la suite de l'Empire gouverné fasciste. (*Star Wars* a été initialement positionné au 33e siècle) »

Dans les propos tenus par George Lucas, on retrouve également ces références (Horton 2005) : « L'histoire racontée cette semaine a été écrite il y a plus de 30 ans, Lucas l'a expliqué. *Star Wars* "parlait" vraiment de la guerre du Vietnam, et ce fut la période où Nixon essayait de courir pour un [second] mandat. Ceci m'a fait penser historiquement à la façon dont les démocraties se transforment en dictatures ? Parce que les démocraties ne sont pas renversées : elles abandonnent. »

D'une façon plus large, voire universelle, le combat pour la liberté, l'opposition au totalitarisme sont des thèmes qui apparaissent très vite dans son œuvre. Ainsi, son premier court métrage, *Freiheit* (3 minutes), porte sur la tentative de passage à l'ouest d'un Allemand de l'Est et se clôt sur la phrase suivante : « Bien sûr que la liberté vaut que l'on meurt pour elle. Car sans la liberté, nous sommes morts. »

Les références à la Seconde Guerre mondiale, notamment à la montée du nazisme sont, pour les mêmes raisons, nombreuses également. Rappelons que George Lucas a coproduit et coécrit, sur un ton certes ludique, les deux *Indiana Jones* réalisés par son ami Steven Spielberg, qui parlent du nazisme et de la Seconde Guerre mondiale (*Les Aventuriers de l'Arche perdue* et *La Dernière Croisade*). George Lucas a également travaillé sur les premières versions du scénario *d'Apocalypse Now* qui porte sur la guerre du Vietnam, que développe et réalise son ami et complice Francis Ford Coppola. Ce sont donc des problématiques, bien qu'abordées de façons différentes, récurrentes dans son parcours. En 2005, Lucas a également déclaré (Labrousse 2007) : « J'espère qu'on ne le vivra pas dans notre pays ; peut-être que le film pourra réveiller les gens aux États-Unis, notamment face aux menaces contre la démocratie. »

On ne s'étonnera donc pas que ses intentions, ses personnages et ses propos aient fait l'objet de nombreuses interprétations et polémiques, notamment au moment de la sortie de la prélogie, en particulier *La Revanche des Siths*, qui a lieu pendant les opérations en Irak. La phrase prononcée par Anakin « « Si tu n'es pas avec moi, tu es contre moi ! » semble reprendre celle, décriée pour être si manichéenne, du Président George Bush, prononcée après les attentats du 11 septembre : « Ou vous êtes avec nous, ou vous êtes contre nous. »

Dans *Star Wars*, Obi-Wan répond d'ailleurs à Anakin que seuls les Siths adoptent ce type d'attitude, ce qui ne manquera pas, pour certains, de nommer ainsi le président des États-Unis. Dans le *Seattle Times*, Mark Rahner pense qu'en faisant parler ainsi Anakin, George Lucas dénonce implicitement la politique conservatrice américaine et le *Patriot Act.*, ce que ce dernier officiellement nie en ne parlant que de la guerre du Vietnam. Ainsi Hillary Clinton traitera Dick Cheney de Darth Vader. De même, la réplique de Padmé : « C'est ainsi que meut la liberté, sous un tonnerre d'applaudissements. » sera reprise à plusieurs reprises dans l'hémicycle politique américain.

La défiance forte du politique, exprimée par Yoda et les *Jedi*, mène à l'aveuglement, à leur destruction par le politique et conduit à l'éternel renversement accepté, voire applaudi des valeurs de la république. Cette défiance, juste sur le fond, mais aveugle sur les moyens à mettre en œuvre, qui conduisent exactement au résultat inverse, fait écho à la chute de la république de Rome tout comme à la reddition des démocraties européennes à Munich en 1938. Les échanges entre Padmé, la sénatrice, et Obi-Wan Kenobi dans *L'Attaque des clones* sont clairs à ce sujet : « Durant mille générations, les chevaliers *Jedi* étaient les gardiens de la paix et la justice dans l'Ancienne République. Avant les temps obscurs. Avant l'Empire. »

Cette acclamation de la dictature/empire ovationnée par des organisations démocratiques qui ont plié l'échine fait écho à l'histoire qui relie la fin de la république de Rome, à celle à l'accession des dictateurs du XXᵉ siècle. Elle reflète aussi la difficulté de la conduite morale et la facilité de l'aveuglement idolâtrique comme dans le mythe biblique du Veau d'Or.

Tyrannie contre démocratie

La tyrannie de l'Empire, qui se heurte en dépit sa puissance aux rebelles insurgés, évoque une réalité historique qui relève aussi de la Guerre d'Indépendance américaine (1775-1782) : « Une série de faits, de nombreux événements récents, donnent une raison particulière de penser qu'un plan visant à l'instauration d'un despotisme impérial, préparé depuis longtemps et ne reculant devant rien, a été projeté et en partie exécuté afin d'éteindre toute liberté civile. » proclame l'assemblée au *Town Meeting* de Boston en 1770 (Bailyn 2010). Ne supportant plus les taxations commerciales imposées par l'Empire britannique, sans qu'il y ait consultation ou représentation politique, les treize colonies se rebellent (Legros 2015) : « Mais l'empreinte de la Révolution américaine, qui a structuré durablement l'inconscient collectif américain, ne saurait être sous-estimée. »

Cette référence évoque aussi, de façon plus proche, l'échec des États-Unis en Corée, au Vietnam ou en Irak. La posture des États-Unis n'étant pas la même, la liaison de ces exemples peut paraître hâtive, mais il n'en est rien. À chaque fois, les rebelles, de leur point de vue, ne se considèrent pas comme des terroristes, mais comme les défenseurs de la liberté contre l'envahisseur, contre le tyran (Astore 2012) : « Du point de vue des révolutionnaires américains, le roi George III de Grande-Bretagne avait de même fait des demandes tyranniques et avait donc perdu son "divin" droit à leur allégeance. Dans le cas de la guerre du Vietnam, le Viet Cong et leurs alliés nord-vietnamiens ont vu les Américains comme des envahisseurs étrangers et leurs alliés sud-vietnamiens comme des comparses américains. »

À chaque fois de même, revient, dans un premier temps, le mépris exprimé par l'Empereur Palpatine dans *Le Retour du Jedi*, lorsqu'il qualifie la rébellion « d'insignifiante ». Ce qualificatif fait là, par exemple, écho dans les propos tenus en 2003 par le Lieutenant général Ricardo Sanchez commandant les troupes américaines en Irak qui qualifie l'insurrection grandissante en Irak, d'insignifiante également (Astore 2012) : « stratégiquement et opérationnellement insignifiants ».

La géométrie fermée du pouvoir absolu

Ce mépris peut être aveugle. Il cause la chute de l'Empire

dans *Star Wars*, via l'aide des Ewoks, dans *Le Retour du Jedi*. Ceux-ci représentent bien, pourtant, des peluches « insignifiantes ». Il évoque aussi un mythe ancien, celui de David et Goliath qui apparaît dans la *Bible*, dans le *Livre de Samuel* (17, 1–58), comme dans le *Coran* ((al-baqarah –la vache– verset 251).

L'opposition entre le despotisme impérial et les rebelles est illustrée par les représentations symboliques des armées et des architectures. Ainsi, les troupes de l'empire évoquent sans ambigüité, de par leurs uniformes et les codes couleur employés, les armées du Reich. La présence d'une multitude de clones indifférenciés et de robots de combat renforce cette image du pouvoir absolu, sans âme. Elle contraste avec le désordre apparent des rebelles, les aspects tribaux et disparates de leurs alliés, comme les Ewoks, les Gungans ou bien encore les Wookiees.

On retrouve cette différence dans la géométrie architecturale du pouvoir, par exemple celle de l'étoile noire, symbole de la puissance de l'Empire (Angiboust 2006) : « Cette architecture épurée, mais contraignante est à l'image de l'absolutisme épurée du pouvoir impérial, auquel sont opposés les habitats naturels des Ewoks ou des Gungans, et les bases de la Rébellion qui semblent toujours provisoires, inachevées. »

Cette opposition annonce les héros qui se confrontent aux espaces clos des villes oppressantes, comme le building dans lequel est piégé John McLane dans le *Piège de Cristal* de John Mc Tiernan (1988).

Un contexte social et politique flou

Est-ce l'influence du mouvement du *New Age* ? Il n'en demeure pas moins que l'organisation politique et sociale reste peu claire voir contradictoire dans S*tar Wars*. On les devine par réflexe culturel, mais on voit peu les classes moyennes et leurs objectifs. Qu'est donc la Fédération du Commerce ? Pourquoi la Fédération du Commerce bloque-t-elle Naboo ?

On ne le sait pas trop : le Sénat leur aurait supprimé le monopole commercial et cette décision aurait été insupportable. Quelle est la valeur de Naboo qui, contrairement à *Dune*, ne semble pas produire une substance précieuse, tandis que la référence au pétrole est dans *Dune* assez claire. Pourquoi prendre ce risque ?

La république semble prôner la liberté, mais que fait-elle des vendeurs d'esclaves à la bordure du monde ? Comment le permet-elle ? Elle semble avoir acté.

S'il y a des armées, voire des mercenaires, il n'y a pas de police. La république semble fonctionner dans la prélogie, tant bien que mal – mal si l'on s'en réfère à la corruption et la bureaucratie – sans organisation ni de police ni de fonction judiciaire clairement visible. On peut se croire dans le cycle arthurien qui ne connaît que chevaliers, roi, magiciens et fourbes.

Enfin, cette république parle peu d'élection démocratique, les membres du Sénat parlent entre eux comme au sein d'un pouvoir confisqué. Pas d'élection démocratique que l'on sache, sauf sur Naboo pour la reine Admidala, sans que l'insistance soit forte et positive. Enfin, si les rebelles luttent contre l'Empire, ils ne proposent aucune solution politique pour la suite, sinon vivre chez les Ewoks comme à la fin du *Retour du Jedi*. Leur organisation sociétale paraît reposer sur des formes primitives et magiques : ne considèrent-ils pas en premier lieu C-3PO comme un dieu ? Ne veulent-ils pas mettre à rôtir les autres héros dans un usage manifestement cannibale ?

On peut retrouver également dans *Star Wars* l'influence de l'organisation japonaise médiévale : les samouraïs régulent la violence et la force selon les maîtres auxquels ils sont attachés : pas de police, pas de démocratie, pas d'état, soit une société de noyaux claniques qui se défont au grès des alliances et des défaites.

La religion (sauf au sens spirituel des *Jedi*) ne comprend pas d'église, pas de prêtre ou de prêtresse : la référence à Rome est de ce fait trompeuse. Padmé dit au sujet de la progression des forces militaires, dans *La Menace Fantôme* : « Prions que ce ne jour ne vienne jamais », mais elle n'apparaît jamais en prière dans quelque lieu que ce soit. Ni elle ni personne d'autre. Qu'on les valorise ou non, il n'y a aucun religieux, ce qui, une fois de plus, différencie la saga de celle de *Dune*.

Enfin, il n'y a aucun contact entre l'Élu et son peuple. Contrairement à Neo dans *Matrix* ou à Paul alias Muad'Dib qui devient le conducteur du peuple divin et tout-puissant dans *Dune*, contrairement à tous ces héros épiques qui sont responsables d'un peuple, il n'y a rien de tout ça dans *Star Wars*. Padmé semble très consciente de ces valeurs, avant d'être aveuglée par son amour pour Anakin. Leia semble porter ces valeurs au début du *Nouvel Espoir*, relayant ainsi, sans le savoir, la posture de sa mère. Mais le discours n'est plus relayé par la suite. Le système reste un système verrouillé par le haut. Curieux pour ceux qui revendiquent la liberté.

9

Un mythe cinématographique

Les références cinématographiques

Nous avons déjà cité nombre de références qui ont construit ce mythe cinématographique universel. Nous n'oublions pas les « mondes étendus » et surtout les jouets, les jeux – le merchandising selon les termes validés – qui ont fait entrer la saga dans toutes les boutiques et les foyers, sous le contrôle très juridique de George Lucas jusqu'à la vente à Disney. Au foyer, via les figurines, les jeux, la lecture des romans des mondes étendus, l'univers de *Star Wars* est puissant, déclinable dans l'imaginaire, repris et réinvesti par ses fans.

Dans ce chapitre, nous allons évoquer les principales références cinématographiques portant sur l'esthétique visuelle du héros et au-delà, sans toutefois vouloir être exhaustif. Les hommages visuels de *Star Wars* aux autres genres cinématographiques et aux films plus anciens, notamment ceux de l'âge d'or hollywoodien sont nombreux. Ce sont des imaginaires qui se nourrissent les uns des autres dans un partage collectif. Ils enrichissent de ce fait la saga en clins d'œil adressés au spectateur que celui-ci sache les décrypter ou non.

Les références au conte

The wonderful wizard of Oz, le roman écrit par Lyman F. Baum et illustré par William W. Denslow est publié en 1900 à Chicago aux éditions George M. Hill Company. Republiée à de nombreuses reprises, cette véritable icône de la littérature américaine donne lieu dès 1902 à une comédie musicale à Broadway et au film culte de Victor Fleming avec Judy Garland en 1939.

L'histoire semble relativement simple. Jeune fille vivant dans une ferme au Kansas avec son oncle et sa tante et son chien, Dorothy est enlevée par un cyclone qui la transporte au pays d'Oz en compagnie de son chien et de la ferme. Après de premières aventures, elle rencontre la bonne Fée du Nord qui, telle une marraine de conte de fées, lui donne sa protection et des souliers couleur rubis. Ceux-ci lui permettront de retourner chez elle, mais la jeune fille l'ignore encore. Elle doit se rendre, en attendant, à la Cité d'Émeraude, rencontrer le Magicien d'Oz pour que celui-ci l'aide à rentrer. Chemin faisant, elle rencontre des personnages curieux, en situation de faiblesse, qui veulent rencontrer le magicien pour sortir de l'impasse dans laquelle ils se trouvent. Il s'agit de l'Épouvantail qui a besoin d'un cerveau, du Lion peureux qui a besoin de courage, et de l'Homme en fer-blanc qui a besoin d'un cœur. Le sorcier accepte de les aider à condition que Dorothy affronte et défasse le puissant pouvoir de la Sorcière de l'Ouest. De multiples épreuves, qui ne sont pas sans rappeler celles d'*Alice au pays des merveilles*, attendent Dorothy et ses compagnons qui triomphent au final. Chacun obtient ce qu'il veut, bien que ce soit plus compliqué pour Dorothy. Le retour de Dorothy dans son foyer du Kansas est rendu possible, toujours en compagnie de son chien Toto, grâce aux souliers couleur rubis, donnés au début du conte. Dans le film, elle ferme les yeux et les rouvre chez elle.

De nombreuses différences, non anodines, existent entre le roman et la version cinématographique de 1939, notamment le fait que Dorothy est une héroïne combattante dans le roman et une jeune fille en détresse dans le film, qui exprime la dimension du rêve. Il n'empêche que les références visuelles aux héros du Magicien d'Oz sont nombreuses dans *Star Wars*. Ainsi, parmi les plus évidentes,

Chewbacca rappelle le Lion dans sa taille et son allure, C-3PO évoque l'Homme en fer-blanc dans sa posture, sa démarche saccadée et son angoisse quant au niveau de l'huile qui lui est nécessaire pour marcher.

Les références au péplum

L'une des allusions les plus notoires aux péplums est la course des modules qu'effectue le jeune Anakin dans *La Menace Fantôme,* à l'instar de la célèbre course de chars que fait *Ben Hur* dans le film éponyme aux onze oscars réalisé en 1959 par William Wyler, d'après le roman de Lewis Wallace paru en 1880. On retrouve l'impact symbolique de la course en termes de libération, la foule qui s'y presse, le danger et la tricherie mortelle de l'ennemi du héros prêt à tuer pour gagner. En revanche, de nombreuses différences de traitement apparaissent. La course est commentée par deux amusants « journalistes sportifs » qui semblent surgir du *Muppets Show* tant leur apport informatif est ridicule. Les points de vue sont très morcelés et s'apparentent souvent à celui du jeu vidéo, la bande-son mixe les différents bruits et vrombissements des modules avec la musique de John Williams (Jullier 2010) : « côté *Ben Hur,* le choix d'une forme qui s'efface au profit de l'intrigue, quitte à produire répétitivité ou monotonie dès lors qu'on s'extrait de l'histoire pour jouir du seul torrent des données audiovisuelles, côté *Star Wars,* la volonté de garantir le spectacle de toutes les manières possibles, quitte à faire passer au premier plan le ballet pyrotechnique des images et des sons. »

Enfin, le jeune Anakin est entièrement dans la joie présente de sa victoire, il ne sait pas encore qu'elle ne lui apportera pas la libération de sa mère et donc qu'elle conduit à leur séparation. Ben Hur sait lui, bien plus rapidement, que ce n'est qu'une fausse victoire puisque sa mère et sa sœur – Miriam et Tirzah – comme le lui annonce, au moment de mourir, son ennemi et concurrent défait, Messala, sont devenues lépreuses et que Ben Hur ne les reverra jamais. Les lauriers de la victoire sont bien souvent amers pour le héros.

Anakin connaîtra cette solitude amère plus tard et celle-ci le conduira vers un autre chemin.

Les références au western

George Lucas ne s'est jamais caché de son désir d'inventer un monde qui ferait suite à celui posé par le western : « L'idée était de façonner un mythe moderne (...). Les westerns étaient notre dernier genre mythologique moderne, mais ils avaient disparu vers la fin des années 1950, et rien ne les avait remplacés. »

Nous avons déjà parlé de la référence à *La Prisonnière du Désert* dans la scène de la découverte des cadavres des parents adoptifs de Luke. Mais la violente altercation dans *Le Nouvel Espoir* où Obi-Wan défend Luke dans le saloon où la musique s'interrompt à peine relève du code du western. Ceci d'autant plus que Han Solo qui fait sa première apparition alors dans le film, incarne un personnage de western également. Il renvoie au cowboy solitaire, rivé à son indépendance, quelque peu mauvais garçon, qui utilise avec efficacité et rapidité son arme, son « colt ».

Cette iconographie a d'ailleurs créé des distensions entre George Lucas et ses fans lorsque celui-ci a corrigé (modifié ?) cette scène d'introduction de Han Solo dans *Un Nouvel Espoir*. En effet, en 1977, Han Solo tire sur le chasseur de primes Greedo le premier. Dans la version remastérisée, il tire pour riposter au tir de Greedo, ce qui infléchit la tonalité de hors-la-loi donnée au personnage. George Lucas finira par invoquer l'icône de John Wayne pour justifier son choix : Han Solo pourrait être John Wayne et dans ce cas, John Wayne ne tirerait jamais le premier (Mallenbaum 2015).

Le rugissement de Chewbacca rend hommage au cri que pousse l'acteur Cheb Wooley dans *Les Aventures du Capitaine Wyatt* de Raoul Walsh (1951) lorsqu'il se fait mordre par un alligator. Ce bruit sonore, réalisé par le bruiteur Ben Burtt, n'est pas le seul hommage puisque ce cri, appelé depuis le *Whilem Scream* (Wilhem 1951) va être utilisé de façon plus ou moins explicite, comme un clin d'œil pour initiés, dans plus de 220 films dont *Indiana Jones et le temple hindou*, *Le Seigneur des anneaux*, *Inglorious Bastard* ou encore dans de nombreux jeux vidéo comme *Assasin's Creed III* ou *GTA IV*.

Les références aux films de sabre

Les références aux films de sabre sont nombreuses, à commencer par le nom de *Jedi* comme nous l'avons déjà dit. Nous ne détaillerons pas à nouveau, les hommages rendus à Akira Kurosawa et *La Forteresse cachée* : les deux compagnons de route se chamaillant, le chevalier, la princesse en fuite, la suivante sacrifiée, les combats, le terme de forteresse, etc.

Elles s'égrènent néanmoins sur deux grandes périodes cinématographiques. Plus retenue, plus solennelle, la gestuelle des combats dans la trilogie reprend la codification japonaise des samouraïs.

Plus rapide, plus acrobatique, plus spectaculaire, la gestuelle de la prélogie se nourrit des codes insufflés par le cinéma hongkongais et la représentation des arts martiaux chinois. D'ailleurs, Darth Maul est interprété par Ray Park qui est un champion mondial de *whushu*, une discipline d'art martial en Chine qui comprend le *kung fu*. Elle sera violemment critiquée, pour ces mêmes raisons, par certaines communautés de fans nostalgiques du rythme de la trilogie, notamment pour la scène de combat entre un Yoda virevoltant et Palpatine dans l'hémicycle du sénat qui a lieu dans *La revanche des Sith*. Pourtant George Lucas ne fait qu'intégrer les innovations des représentations visuelles des combats, comme celles qui ont enthousiasmé les publics dans *Blade* (1998), *Matrix* (1999), *Tigre et Dragon* (2000) ou *Le Secret des Poignards volants* (2003). Les dates ne sont pas neutres.

Les références à la science-fiction

Le design androïde de C-3PO renvoie de façon explicite au robot du film *Metropolis* (1927) de *Fritz Lang*, hommage que reconnaît volontiers George Lucas (Young 2014). En revanche, la démarche mécanique saccadée du robot relève bien davantage du Tin Man dans *The Wizzard of Oz* (1939). Rappelons aussi qu'avant le *Blade Runner* (1982) de Ridley Scott, c'est également dans *Metropolis* qu'apparaissent les voitures volantes qui sont multiples dans la ville futuriste de Coruscant de la Prélogie.

2001 – l'Odyssée de l'espace de Stanley Kubrick est une source d'inspiration constante, tant dans l'architecture des vaisseaux que dans les images de l'espace pour George Lucas. Cependant d'autres références sont moins évidentes. Ainsi le son que fait la respiration de Darth Vader, qui devient sa signature présentielle puisqu'on le sait « là » même si on ne le voit pas, évoque le souffle des cosmonautes en mission sur Jupiter dans *2001 – L'Odyssée de l'espace*. La préciosité du langage de C-3PO renvoie également au vocabulaire soigné de l'ordinateur HAL. En revanche, en situation de danger, les réactions sont différentes. Lorsqu'il est débranché, HAL, au fur et à mesure, adopte une voix de plus en plus atone et cesse de parler tandis que C-3PO accélère son débit et prend des tons mélodramatiques. Ainsi, par exemple, dans *Le Nouvel Espoir* :

Luke : « Essaie de te lever, il faut filer avant que les Hommes des Sables ne reviennent ! »

C-3PO : « Je ne crois pas que je n'y arriverai pas ! Partez sans moi, messire Luke. Ne risquez pas votre vie pour me sauver… »

C'est le stéréotype dû « Partez, je vais mourir » qui abondent dans les récits de chevalerie (souligné par le terme de « messire ») et les westerns. Nous quittons le langage mesuré et le vocabulaire précieux de C-3PO, maître du protocole, écho de celui de HAL. Il est vrai qu'HAL est une Intelligence Artificielle omnisciente, ce qui n'est pas le cas de C-3PO. Sur Endor, pendant un moment, il se prend pour un dieu comme le croient les Ewoks, évoque-t-il alors *HAL*, qui pense être devenu à la demande des ingénieurs qui l'ont installé comme le 6ᵉ passager de la mission, quasi divin ?

Le cycle de *Dune*, ainsi que nous l'avons mentionné à plusieurs reprises, est présent dans plusieurs clins d'yeux visuels. Ainsi le monstre des sables, le Sarlacc, auquel doivent être sacrifiés Luke et Han Solo sur l'ordre de Jabba au début du *Retour du Jedi*, est le cousin des vers géants qui règnent sur *Dune* avec leurs gueules béantes et leurs rangées de dents acérées. De même, lorsque Luke espionne les hommes de sable, il utilise de grosses lunettes électroniques qui rappellent celles qu'utilise Paul lorsque ce dernier espionne les Fremens.

Les références à la BD et aux séries de science-fiction

La référence à *Flash Gordon* est revendiquée par George Lucas qui a été un grand fan de la bande dessinée et de la série. La bande dessinée d'Alex Raymond commence en 1934. Frederic Stephani réalise en 1936 une série au cinéma de treize épisodes de douze minutes. Plus généralement, la composition de l'univers de *Star Wars* s'inspire de la forme du space-opera déjà à l'œuvre dans *Flash Gordon*, quitte à ce que les aventures ne soient pas toujours liées de façon logique entre elles tout comme dans la bande dessinée. Ainsi l'Empereur Ming contre lequel lutte la plupart du temps le héros dispose, tout comme Palpatine, de soldats-robots casqués. La ville sous-marine d'Otho Gunga sur Naboo, la ville des Gungans où se rendent Obi-Wan, Qui-Gon, la reine Amidala et Jar Jar, dans *La Menace Fantôme*, renvoie à celle des hommes marins dirigés par le roi Kala. Certaines tenues vestimentaires de Padmé, notamment la robe blanche, sont également inspirées par la série.

L'utilisation du bandeau défilant au début de chaque épisode de *Star Wars* renvoie au même procédé à l'œuvre dans la série *Flash Gordon*. Enfin, le recours presque incessant à la musique annonce l'intérêt que portera à ce mode de narration dans *Star Wars*.

Plus tard, la bande dessinée donne lieu à une série télévisée germano-américaine qui comprend 39 épisodes de

25 minutes diffusées entre 1954 et 1955 en syndication. Très populaire aux États-Unis et inédite en France, elle s'écarte de la bande dessinée en tenant un discours de propagande alors que nous sommes en pleine guerre froide.

Les références graphiques

La référence s'étend jusqu'au signe graphique comme chez Akira Kurosawa : « Tout ce qui apparaît à l'image (de l'encadrement d'une porte à des plants de riz caressés par le vent) est un événement plastique, un signe graphique intégré à une composition d'ensemble (Angiboust 2006) : dans *Les Sept Samouraïs* (1954), la pluie elle-même est traitée comme un ensemble de lignes verticales contrastant avec l'horizontalité des charges de cavalerie, sans perdre pour autant de son poids physique d'élément naturel. »

Une référence directe au cinéaste canadien Arthur Lipsett est le numéro de la cellule dans laquelle est enfermée Leia sur l'étoile noire au début du *Nouvel Espoir* : 2187, le titre du court métrage *21-87* d'Arthur Lipsett (1936-1986) qu'admire ouvertement George Lucas. Dans le documentaire *Remembering Arthur* (2006), qui rend hommage à Arthur Lipsett, il confirme que *21-87* a fait forte impression chez lui (Perreault 2012) : « C'était le type de réalisation que j'avais envie de faire. J'ai été extrêmement influencé par ce film en particulier », avoue-t-il.

On peut se référer à l'analyse effectuée image par image du *Nouvel Espoir* par Michael Heilemann sur son site (Heilmann 2015). Certains rappels sont parfois concentrés sur une image, une musique, un graphisme. Michael Heilemann trouve des concordances avec certaines planches de Tintin dans *Les Cigares du Pharaon*.

Un mythe devenu autoréférent

La saga comprend également de nombreuses références à la propre production cinématographique de George Lucas. Ainsi l'importance donnée à la course comme symbole d'accès à la liberté rappelle la voiture que vole *THX 1138* pour s'échapper de la ville souterraine et la course de voitures qui clôture *American Graffiti* (Hearn 2005).

La couleur jaune du *airspeeder* que pilote Anakin dans *L'Attaque des Clones* est également celle du *podracer* qu'il pilote enfant dans *La Menace Fantôme*. Mais elle est aussi celle du coupé Ford de John Milner dans *American Graffiti*, du dragster dans *American Graffiti La suite* et, bien plus tôt encore, la couleur de la voiture de course du pilote Pete Brock dans l'exercice audiovisuel *1:42.08* que l'étudiant George Lucas réalise à USC en 1966.

La serveuse droïde qui se déplace en roulant au Dex's Diner sur Coruscant fait écho aux serveuses icônes des années 60 du Mel's Drive dans *American Graffiti*.

THX et Obi-Wan contemplent la fabrication des clones dans un même environnement blanc. L'ambiance blanche et quasi clinique de la planète *Kamino* évoque celle de *THX 1138* (1971), elle-même faisant écho à celle de *2001, l'Odyssée de l'Espace* (1968).

Le mythe se construit dans ses propres rimes et ses propres références entre les deux trilogies avec des images qui se font écho. Ainsi, à la fin de *La Revanche des Sith*, le spectateur voit l'oncle, le père adoptif de Luke, Owen, tenir le bébé dans ses bras sur le fond des doubles soleils couchants de Tatooine. Au début du *Nouvel Espoir*, Luke, adolescent, contemple l'aube sur Tatooine dans la même posture qu'Owen.

Nous avons déjà évoqué la récurrence de la main droite coupée à l'issue du combat de sabre qui oppose Darth Vader à Luke à la fin de *L'Empire contre-attaque* et Anakin au comte Dooku. De même, C3-PO est démembré à deux reprises, dans *L'Attaque des clones* et dans *L'Empire contre-attaque*. Il est décapité dans l'usine de construction de clones, sa tête est fixée sur un corps de clone armé dans le premier. Il est en plusieurs morceaux après être tombé quasi par hasard dans la terrible salle de torture de robots que l'on voit dans le deuxième. Dans les deux cas, son cerveau continue à fonctionner et le robot continue à exprimer ses opinions, ce qui atténue la dimension tragique de son épreuve, non sans rappeler la tête d'Orphée qui continuait à chanter alors que son corps avait été démembré.

Les structures narratives de la saga se font également écho. Ainsi, *La Menace Fantôme* s'ouvre sur la découverte du héros, Anakin enfant, sur la planète Tatooine et la mise à mort d'un maître *Jedi*, Qui Gon tué par Darth Maul. De même, *Un Nouvel Espoir* s'ouvre sur la découverte du héros, Luke adolescent sur la même planète, et la mort d'un maître *Jedi*, Obi Wan tué par Darth Vader. On peut également voir en écho la structure narrative du combat perdu entre Yoda et Palpatine de *La Revanche des Sith* qui s'achève sur la chute du *Jedi* dans les conduits d'aération et sa fuite dans le vaisseau de Bail Organa avec celle qui oppose Luke à Darth Vader à la fin de *L'Empire contre-attaque*. Luke fait une chute spectaculaire qui l'amène à faire appel à Leia qui vient le secourir et l'emmener fuir avec elle sur le Faucon Millenium.

Star Wars, comme tout mythe, se raconte et se transmet oralement. Dans *Le Retour du Jedi*, C-3PO raconte aux *Ewoks*, rassemblés autour de lui, comme des enfants, les faits glorieux de ses trois amis héros. R2 D2 accompagne cette narration en la ponctuant de sons comme la respiration symbolique de *Darth Vather* ou les sifflements des vaisseaux chasseurs. Finalement ce sont les deux robots qui racontent le mythe et cette fois C-3PO trouve son rôle. Sommes-nous les *Ewoks* ?

Un mythe musical

La musique est omniprésente et puissante dans *Star Wars*, tout comme la Force. En tant que mythe musical, la saga se déploie en effet avec une durée musicale grandissante (Jullier 2010) : 76,5 % pour *La Menace Fantôme*, 73 % pour *La Guerre des Clones*, 89 % pour *La revanche des Sith*, 87 % pour *Le Nouvel Espoir*, 94 % pour *L'Empire contre-attaque* et enfin 92 % pour *Le Retour du Jedi*. Elle rappelle l'objectif du « 100 % musical » de Max Steiner. Considéré comme le père de la musique de film, il en composa trois cents dont *King-Kong* (1933), *Autant en Emporte le Vent* (1939), *Casablanca* (1942) ou *Ouragan sur Le Caine* (1954) : « Chaque personnage devrait avoir une thématique musicale. » proclamait-il.

L'utilisation de *leitmotivs* qui associent des thèmes musicaux à des personnages, celui de Darth Vader en constituant la plus célèbre réussite, s'inspire également du procédé à l'œuvre dans *Pierre et le Loup* de Prokofiev. Écrit et composé en 1936, le conte qui relate l'aventure du jeune Pierre et de ses amis animaux domestiques face au loup était destiné à initier les jeunes aux principaux instruments de musique à l'œuvre dans un petit orchestre symphonique. Tous les protagonistes sont représentés par un thème particulier qui précède chacune de leur entrée dans l'histoire : le quatuor à cordes pour Pierre, le basson pour son grand-père, les cors pour le loup, la clarinette pour le chat, le hautbois pour le canard, etc.

Les références musicales sont nombreuses et John Williams ne s'en cache pas. Au début de leur collaboration, qui ne va plus s'interrompre, George Lucas est précis quant à sa demande d'une musique différente des films de science-fiction habituels (Hearn 2005) : « Lucas expliqua à Williams qu'il voulait une musique de film désuète, plutôt romantique, adaptée à l'atmosphère des feuilletons de 1930 dont il s'était inspiré pour l'ambiance du film. »

La musique de John Williams mêle notamment des références à Richard Wagner, Richard Strauss (en clin d'œil à l'*Odyssée de l'Espace* ?), Anton Dvorak, Gustav Holst, Igor Stavinsky et William Walton. Certains ont même critiqué le compositeur sur ces inspirations parfois trop évidentes. Ainsi la musique de la scène ou C-3PO erre dans le désert résonne comme celle du *Sacre du printemps* d'Igor Stravinsky.

La musique ne supporte pas le film, elle conte le film, et ce faisant, assure sa cohérence narrative. En 1977, John Williams dira (Anderson 2009) : « Quand vous regardez le film sans musique, avant la postproduction, vous ne pouvez pas le prendre une seconde au sérieux. »

10

Post 16 décembre :
le réveil du mythe ?

Au moment où nous écrivons ces lignes, il est assuré que l'épisode VIII, qui sortira sorti en salle en décembre, tant attendu par la majorité des fans, tant redouté par d'autres fans, constitue l'un des plus gros succès financiers cinématographiques mondial. Les recettes sont éloquentes : plus de deux milliards de dollars pour l'épisode VII. Selon l'appréciation portée sur le film précédent, l'épisode VII, certaines voix ergotent selon les territoires de diffusion en « relativisant » les résultats et d'autres glorifient le succès du film toutes frontières confondues. Cette bataille de qualification des chiffres est surtout révélatrice de la tension émotive suscitée par nouvelle trilogie. C'est sous cet angle que nous aborderons ce dernier chapitre.

À qui appartient le mythe ?

Nous n'aborderons pas dans ce chapitre la qualification de la nouvelle trilogie comme nous l'avons fait pour les deux précédentes. Il est bien trop tôt, quel que soit notre jugement personnel. Nous aborderons plutôt la problématique de l'ovation ou de la trahison du mythe qui fait écho à celle qui clivait déjà ceux qui avaient détesté ou adoré la prélogie au regard de la trilogie. Les polémiques avaient déjà été très vives. Les fans qui ne retrouvaient pas « leur » mythe *Star Wars* dans la Prélogie avaient attaqué George Lucas sur de nombreux supports. Ces attaques avaient redoublé de virulence lors de la remasterisation de la trilogie et des plans rajoutés ou refaits. Nous avons déjà évoqué, à ce sujet, le changement d'attitude de Han Solo dans la première scène où il apparaît et où il tire en premier (1re version 1977) ou en second (2e version) sur le chasseur de primes dans *Un Nouvel Espoir*. Cette modification avait suscité de très nombreuses polémiques. Le documentaire réalisé par Alexandre O. Philippe en 2010, *The people versus George Lucas,* dont le titre fait écho aux jugements de la Cour Suprême des États-Unis, analyse de façon fort juste la problématique de l'appartenance du mythe. Appartient-il donc au créateur ou aux fans ?

« Aux deux, bien sûr ! » est une réponse prudente. La question n'en est pas moins virulente. Ainsi, le film *Misery*, d'après le roman de Stephen King, réalisé par Rob Reiner en 1991, l'illustre jusqu'à l'outrance. En effet, l'écrivain, Paul Sheldon, ayant décidé de faire mourir son héroïne – Misery – suite à un concours de circonstances, se retrouve pieds et poings liés face à une fan hystérique qui ne supporte pas la mort de « son » héroïne.

La question du rapport entre le créateur et ses fans n'est pas nouvelle toutefois. Cette tension est propre à l'imaginaire partagé à partir du moment où une histoire s'élève au rang de mythe fictionnel. Les fans deviennent les gardiens du temple quitte à en destituer le créateur.

Si, aujourd'hui, les réseaux sociaux accélèrent cet effet, bien des créateurs ont été déjà été confrontés à cette question. Ainsi, lorsque Conan Doyle décide de « tuer » son héros, Sherlock Holmes, car il souhaite se consacrer à l'écriture de livres historiques qui représente son véritable projet d'écriture, il est obligé ensuite de le ressusciter sous la pression des fans frustrés et l'absence de succès dans le domaine narratif qu'il pensait être le sien.

Auparavant, le succès du roman-feuilleton *Les Mystères de Paris* d'Eugène Sue, publié entre 1842 et 1843 dans le journal des Débats, pour de nombreuses classes sociales confondues, avait déclenché une véritable hystérie collective sur le sauvetage de plusieurs héros et leur avenir, ce qui bouleversait les fans. Certains en sont même venus à envoyer de l'argent pour « sauver » les familles fictionnelles en détresse comme l'a étudié Umberto Eco (Eco 1993).

Dans un autre domaine, celui de l'incarnation du héros, les fans de James Bond se sont opposés au choix de l'acteur Daniel Craig jusqu'à mettre en ligne un site intitulé *Daniel Craig is not Bond*. De même, les séries télévisées donnent lieu à des vives polémiques sur Internet que ne peuvent ignorer les créateurs de ces séries. Ainsi, dans *NCIS* réalisé par Paul Bellisario et Don McGill depuis 2003 sur CBS, le départ de l'actrice Cote di Pablo, mis en scène par le départ du personnage de Ziva, a suscité d'innombrables tollés des fans jusqu'à refuser la nouvelle actrice et le nouveau personnage.

Relayées par les réseaux sociaux, ces relations entre le créateur et les fans s'avèrent par conséquent de plus en plus complexes.

Dans ce contexte, rappelons brièvement l'histoire de la nymphe Écho. Suivante d'Artemis, elle est éperdument amoureuse de Narcisse – la pauvre ! – ce dernier n'étant amoureux que de sa propre image, comme le conte Ovide (Hamilton 2005). Elle fut poursuivie par la vengeance de Héra qui la condamna ainsi : « Tu auras toujours le dernier mot, mais jamais tu ne parleras la première. »

Cette métaphore pourrait exprimer l'ambigüité des relations qui unissent, bon gré mal gré, les fans au créateur. Cette ambigüité perdura autour de la sortie de l'épisode VII puisqu'une pétition circula sur Internet demandant le retour aux commandes de George Lucas. Cette polémique a perduré avec le choix des réalisateurs pour les épisodes VIII et IX.

Échos et interrogations

Dans le film réalisé en 2015 par Jeffrey J. Abrams, les techniques de mise en échos du mythe *Star Wars* sont nombreuses. Elles sont probablement voulues pour rassurer les fans afin que ceux-ci se reconnaissent dans l'univers de la saga. Mais, les appréciations divergent. Beaucoup sont ravis de « retrouver » leur univers. Considérées par certains comme trop systématiques, elles apparaissent pour d'autres comme un pâle copier-coller, notamment sur le déroulé du film qui rappelle *Un nouvel espoir* et les intrigues de *L'Empire contre-attaque*.

L'exercice est complexe, il est vrai. Voyons toutefois les mises en échos et les interrogations laissées ouvertes que cet épisode pose, jouant, avec ou non réussite, sur la codification du mythe.

La recherche du héros qui reste Luke

Essentiel chaînon manquant à l'équilibre de la Force qui perdure : Luke reste le héros. Certes, vieilli de 30 ans – forcément – il a disparu, défait dans sa quête héroïque qu'il semble avoir interprétée comme une trahison personnelle, pour des raisons qui devraient être explicitées dans les autres opus. Il semble avoir endossé la tenue de l'ermite comme Obi Wan dans la trilogie. Il apparaît néanmoins comme indispensable pour un combat qui a recommencé entre les forces du mal, nommées l'Ordre Premier et les rebelles reconstitués en troupes défenderesses d'une république très mal en point.

Leia n'est pas porteuse de la Force

La princesse Leia revient, en Générale, et non en *Jedi*, conduisant les troupes des rebelles, à la recherche de Luke et pour combattre l'Ordre Premier. Sa disparition après le tournage de l'épisode VIII est comme un symbole d'une époque révolue.

La menace destructrice grandissante par l'Ordre Premier est représentée par Starkiller, une réplique (encore) plus puissante de L'Étoile Noire dans *Le Nouvel Espoir* qui puise ses forces dans les autres étoiles. Rappelons que le nom de Starkiller était initialement celui de la famille Skywalker à la période des premières écritures de *Star Wars*. Son mode de destruction fait écho à celui du *Nouvel Espoir* en reprenant le couloir de la mort, le recours aux courageux pilotes, le point vulnérable central, etc. Beaucoup ont trouvé là que la ressemblance avec *Un nouvel espoir* était bien trop évidente.

Leia et Han Solo ont eu un fils ensemble et se sont séparés, non sans garder une affection l'un pour l'autre. Leur relation, non dénuée d'ironie, fait écho à leurs chamailleries amoureuses de la trilogie. Lors de leurs retrouvailles, Han Solo lance à Leia « Nouvelle coupe ? » ce qui fait évidemment référence aux nattes enroulées de la princesse dans la trilogie, ce à quoi, cette dernière répond : « Vieille veste » en clin d'œil aux fans qui ont reconnu la veste en cuir du mauvais garçon.

La représentation du côté obscur

Le fils de Leia et Han Solo, Kylo Ren, descendant par sa mère d'Anakin-Darth Vader a cédé aux forces du mal et revendique le côté obscur de la Force. Il porte d'ailleurs un masque proche de celui de son grand-père bien que, contrairement à ce dernier, il ne devrait pas en avoir physiquement besoin. En revanche, il reprend les traits du visage en colère d'Anakin lorsqu'il affronte son père, Han Solo, et le tue, dans la dernière partie de l'épisode. Dès lors il apparaît comme une mosaïque d'échos à la double personnalité de son père.

Kylo Ren obéit par ailleurs au nouveau Maître du Mal, Snoke, apparaissant sous la forme d'un gigantesque hologramme qui fait écho à celui qu'utilisait L'Empereur dans la trilogie. Le personnage reste néanmoins à l'issue de l'épisode encore peu étayé.

Les anciens compagnons du héros

Un nouveau petit robot droïde malin, BB-8, fait écho au célèbre R2-D2. Il transporte, via une sorte de clé USB, les plans secrets qui mènent à Luke, à l'instar de son illustre prédécesseur qui transportait les plans de l'Étoile Noire. BB-8 et R2-D2 sont par ailleurs connectés pour fournir uniquement à deux, les plans qui permettent de retrouver

Luke.

Chewbacca revient comme le fidèle compagnon de Han Solo. Il l'accompagne dans sa mission jusqu'à, dans la douleur de la mort de Han Solo, intervenir de façon autonome afin de venger la mort de ce dernier.

La structure logistique et spatiale fait écho aux icônes de la trilogie voire de la prélogie. Ainsi le Faucon Millenium reste le « tas de ferraille » dont se gaussait la princesse Leia dans *Le Nouvel Espoir*. Le vaisseau reprend du service, conduit par Han Solo et Chewbacca.

Han Solo emmène les jeunes troupes à la recherche de Luke dans un saloon qui fait fortement écho à celui haut en couleur du *Nouvel Espoir* et, de façon plus calme, dans *L'Attaque des Clones* également. Il est tenu par Maz, une vieille amie fidèle, quelque peu « alien », de Han Solo. C'est elle qui, par ailleurs, garde le sabre laser de Luke, ce qui déplace le sens du lieu en proposant un écho au saloon antérieur et une nouvelle interprétation en termes cachette pour les rebelles. La dichotomie est classique. Elle fait référence à toutes les formes iconographiques de la résistance, où les héros se retrouvent derrière des portes cachées, ouvrant sur des passages secrets, masqués par une vitrine de saloon, de café, de bar, etc.

Les interrogations

Luke s'est retiré loin de toute humanité, car il pense avoir a failli dans l'éducation de *Jedi* de son neveu, le fils de Leia et d'Han Solo, Kylo Ren. Cette retraite peut évoquer celle de Yoda et d'Obi Wan à la fin de *La Revanche des Sith*. Sa représentation diffère, proposant un décor insulaire verdoyant, balayé par les vents, faisant penser à *Highlander* ou *Game of Thrones*.

Han Solo meurt, tué par son fils, qu'il tente de ramener à la raison, dans une scène qui fait écho à *L'Empire contre-attaque*. Tombant dans le vide, Han Solo est-il vraiment « mort » ?

Un nouveau personnage féminin, Rey, apparaît et relance le mythe. Elle semble porter la Force, au-delà de toute formation, car elle parvient à combattre et battre Kylo Ren qui pourtant a connu un début d'initiation par Luke. Comment peut-elle s'avérer aussi redoutable sans avoir suivi aucune initiation ? Que devient l'importance de l'apprentissage de la maîtrise de la Force qui semble, pour certains fans, galvaudée ?

Le contexte politique général reste en interrogation. Pour quelles raisons, forte de sa victoire à la fin du *Retour du Jedi*, 35 ans plus tard, la république est-elle à nouveau dans un état de fragilisation et de décomposition accélérée ? Si l'état d'urgence réplique celui de l'ouverture du *Nouvel Espoir*, la mise en perspective cohérente de la situation politique est en attente.

Entre les fans inconsolables et les fans consolés, les lignes de construction du mythe sont complexes et évolutives. Entre ce que les fans espèrent et ce qu'ils attendent, l'écriture et la réalisation représentent un travail passionnant de mise en regard de notre société, de ses attentes, ses déconvenues et ses rêves.

En ce sens, *Star Wars* est un mythe universel. *L'Épisode VII* illustre parfaitement ce confort et cet inconfort. Il reflète comme un miroir, que certains qualifieront de déformé – « marketé », commercialisé, franchisé – alors que d'autres diront exactement le contraire, la vision contradictoire de notre propre société.

Conclusion provisoire

Cet essai, modeste, pourrait se prolonger, encore et encore, tant la saga distille de façon plus ou moins inconsciente de multiples mythes d'origines diverses. Si l'on peut trouver du plaisir sans s'interroger sur la lecture et la confrontation de ces références, nous espérons avoir montré qu'elles s'entremêlent et sont souvent plus complexes qu'on n'aurait pu le penser.

Plusieurs pistes restent à ouvrir encore. Ainsi, par exemple, il faudrait creuser et aborder ainsi le traitement du « dur et du mou » sur un plan anthropologique : les vaisseaux spatiaux, les sabres lasers contre les batraciens, les marais et autres gorges profondes.

La question du « cru et du cuit » se pose également, notamment dans le rapport à la nourriture et au repas. Les héros ne mangent pas ou peu et de façon frugale. Le repas pris par Luke chez sa tante et son oncle sur Tatooine semble relever de préparations chimiques. Celui que prend Yoda sur Dagobah est défini comme peu enviable. Nous ne sommes pas dans *Le Seigneur des Anneaux* où les repas sont des fêtes pantagruéliques. Ce n'est pas une question de voyage dans l'espace car dans *2001 – l'Odyssée de l'Espace*, les héros ne cessent de manger. Peu de festin dans *Star Wars*, si l'on met de côté le moment romantique du diner entre Anakin et Padmé qui relève plus de la métaphore que de la gourmandise et la fête chez les Ewoks qui clôt *Le Retour du Jedi*. L'alimentation prend une couleur immonde comme lorsque Jabba The Hutt avale goulûment des batraciens vivants dans *Le Retour du Jedi*. Pas d'alcool, nous ne sommes pas dans le monde de *Game of Thrones*. Il y en a très peu dans *Star Wars*. Il est présenté à travers ses effets négatifs et la perte de contrôle que celui-ci peut symboliser comme dans la scène du bar saloon dans *Le Nouvel Espoir* lorsque l'un des personnages, semblant éméché, cherche des noises au jeune Luke.

Le mythe du passage dans le ventre de Jonas apparaît à plusieurs reprises, à la fois dans une vision bachelardienne, les créatures s'avalent les unes les autres comme dans les fonds marins sur Coruscant lorsque les héros partent au royaume des Gungans et dans celle de la baleine de Jonas comme pour Luke sur Dagobah.

Bien d'autres pistes restent à explorer encore…

Il faut donc savoir arrêter, pour le moment, les recherches de concordances et d'échos qui font partie de notre socle de mythes. C'est de la richesse de nos cultures et de notre humanité partagée dont nous parlons. C'est pour cette raison que le mythe universel que vise *Star Wars* multiplie les interprétations.

Selon sa spécialité, chacun est tenté de lire la saga en la ramenant à sa propre grille de lecture, quitte à brouiller les messages. Or il importe tout autant de s'intéresser aux références et aux mythes que la saga convoque ou non, et dès lors ce qu'elle laisse transparaître sur notre lecture du monde actuel. Exaspérant ou consolateur, effrayant ou fascinant, voire un peu de toutes ces caractéristiques, selon un dosage qui s'adapte à l'imaginaire collectif séculaire, le héros représente également nos attentes actuelles.

Agacé, un fan, m'a dit que de rechercher les sources et les bases mythologiques de la construction des héros, *Star Wars* en ce qui le concerne, revenait à déconstruire, à assécher son bonheur en quelque sorte. Il n'en est rien. Nous espérons l'avoir montré.

Cet essai est un hommage aux constructions fictionnelles, à l'art du récit, à celui de la mise en spectacle, à la résonnance intergénérationnelle du plaisir d'écouter une histoire, de voir les aventures des héros. À notre besoin de héros que notre imaginaire façonne et qui nous le rendent bien.

D'une certaine façon, c'est ce qu'illustrent C-3PO et R2-2D lorsqu'ils racontent *Star Wars – Le Retour du Jedi* – aux

Ewooks sur Endor, terre du milieu. Nous rêvons peut-être tous d'être parmi eux, autour du feu, à écouter cette histoire qui commence comme un conte : « Il y a bien longtemps, bien longtemps, sur une galaxie lointaine… »

Étymologie des noms et prénoms
des 6 premiers épisodes

Nous rassemblons ici une étymologie reconnue ou plausible, la représentation visuelle des prénoms et des noms des principaux personnages de *Star Wars*.

La majorité des sources et des références de prénoms et de noms fictionnels est issue de croisements multiples, d'évolution et de hasards. Les fans y ont aussi largement leur part. Ils sont prolixes et passionnés. En outre, les « mondes étendus » ont aussi apporté leur interprétation bien que nous ayons aussi essayé de ne pas les mentionner puisque nous nous focalisons sur les films. Cette approche ne prétend donc pas être exhaustive.

« À la base, j'ai développé les noms des personnages phonétiquement, » a déclaré Georges Lucas (Nash 1997). « Je voulais évidemment inclure un peu de caractère phonétique dans le nom. Les noms doivent sonner musicalement de façon inhabituelle, mais sans faire space-opera. Je voulais rester loin du genre de la science-fiction avec des noms comme Zenon et Zorba. Ils avaient à sonner de façon propre et construire une cohérence entre leurs noms et leur culture. »

Cette étymologie a pour but, néanmoins de montrer à quel point les références, de façon voulue ou non, revendiquée ou non, se superposent et qu'elles échappent, comme tout mythe universel, à une paternité ou une maternité unique, au final, pour prétendre à la légende.

Anakin

Comme tout grand personnage qui prétend au statut de

héros, les origines et les interprétations sont multiples. Le prénom de celui qui se trouve au centre de la prélogie et dont la rédemption clôt la trilogie fait écho au peuple biblique des *Anakims*, les géants qui doivent être exterminés.

Livre des Nombres 13-28 : « Mais le peuple qui habite ce pays est puissant, les villes sont fortifiées, très grandes. Nous y avons vu des descendants d'Anak. »

Livre des Nombres 13-33 : « Nous y avons vu les géants, les descendants d'Anak qui sont issus des géants. À nos yeux et aux leurs, nous étions comme des sauterelles. »

Josué 11-21 : « À la même époque, Josué alla exterminer les Anakim des montagnes d'Hébron, de Debir, d'Anab, de toutes les régions montagneuses de Juda et d'Israël. Josué les voua à la destruction, avec leurs villes. »

En outre, le mot vient du mot grec *anathêma*, littéralement « suspendu » – de *ana*, « de bas en haut », et de *tithêmi*, « placer », « poser » : « offrande religieuse », puis « voué aux Enfers ». Nous parlerons en français d'anathème, celui qui est frappé par l'anathème.

On peut donc penser que dans la mesure où le personnage est, en effet, doté d'une immense puissance qu'il doit mettre au service du bien, mais qu'il remet entre les mains d'un maître du mal, l'empereur Palpatine, le parcours d'Anakin reflète bien celui du suspendu qui est voué aux enfers ; à l'instar des anges déchus dont parle la *Bible*. C'est, depuis sa chute, jusqu'à sa rédemption, un ange déchu dont Satan – alias Palpatine alias Dark Sidious – est le maître.

Cette note d'espoir de rédemption qui perdure, résonne également dans le prénom d'Anakin à travers une autre proximité de racines issues du grec, à savoir : *anakaïnosis* qui signifie : renouveau.

C-3PO

C'est l'acronyme de *Class Three Protocol Operative*. Construit par Anakin enfant, il aurait porté le chiffre 3, car son créateur le considérait comme le 3e membre de la famille Skywaker après sa mère et lui-même. Les mondes étendus n'ont peut-être pas tort à ce sujet. Mais étonnant tout de même comme filiation au vu de celle d'Anakin.

Chewbacca

Les origines du nom du Wookie, compagnon d'armes de Han Solo, ne manquent pas d'humour en dépit des efforts des fans pour trouver d'autres sources plus sérieuses. Au vu de la créature fidèle et impressionnante par sa force et sa taille, les références données par George Lucas ne semblent pas représenter qu'une pirouette. Ce serait un nom de chien. En russe de surcroit, *sobaka* signifie « chien ».

D'autres interprétations sont plus complexes : *Shew* pour l'anglais *chew*, c'est à dire mâcher, et *bacca* pour *bak* : bâton. Celui qui mâche son bâton, Ce bâton exprime également la notion du verbe. Comprenons par là que *Shewbacca* mâchonne le verbe, mais ne l'a pas encore ingéré. Il reste « l'homme Ane Alpha Bête ». Nous trouvons également caché dans *bacca* en dissociation multiple : abc cab ba… dont les interprétations varient autour de la notion de Père et de l'initiation humble du verbe. En revanche, la représentation visuelle du personnage est clairement inspirée du *Magicien d'Oz*, à savoir le Lion peureux. Ce dernier porte ses attributs, la couronne, Chewbacca ses armes. Les références visuelles sont clairement explicites.

Enfin le fameux rugissement de Chewbacca rend hommage au cri que pousse l'acteur Cheb Wooley dans *Les Aventures du Capitaine Wyatt* de Raoul Walsh (1951).

Clone

Ce terme provient de l'anglais clone et lui-même du grec klon qui signifie « jeune pousse ». Il fait son apparition pour la première fois en 1903 grâce au botaniste H.J. Webber, cloner signifiant « reproduire à l'identique ».

Coruscant

Coruscate signifie en anglais «briller, étinceler». Les origines sont latines, du verbe *coruscare*.

Darth

Qualifie la puissance du côté obscur de la Force portée par les grands seigneurs Sith, notamment par Darth Plagueis, Darth Sidious, Darth Maul et Darth Vader bien sûr. Les interprétations sont nombreuses jusqu'à des origines purement internes au mythe de *Star Wars* (Anonymous 2016) : «La première d'entre elles stipulait que Darth était tout simplement la contraction de Darth Lord of the Sith. Une autre, plus plausible, en expliquait l'origine grâce à des mots de l'ancienne langue des Rakata. Selon cette dernière, le titre Sith proviendrait d'une déformation du mot *Daritha*, signifiant «empereur», ou d'un mélange des mots *Darr*, signifiant «triomphe» ou «conquête», et *Tah*, signifiant «mort». Traduit selon cette hypothèse, le titre Darth pourrait alors s'apparenter à «Triomphe sur la mort», «Immortel» ou «Triomphe par la mort». Tout comme dans l'univers de Tolkien, le mythe génère ses propres racines.

Darth Sidious

Celui qui manipule les autres est un séducteur comme toute grande figure du Mal. Sidious provient, entre autres, de l'anglais *seduce* qui signifie «séduire» (cf. Palpatine).

Darth Vader

Le père sombre (darth/dark). Vader signifie en néerlandais «père». George Lucas revient à plusieurs reprises sur le choix de ce nom dont la symbolique est forte. Cependant, au-delà de la funeste destinée d'Anakin, le nom de Darth accompagne le nom des grands Seigneurs Sith depuis bien avant le basculement d'Anakin du côté obscur de la Force.

Empire

Ce terme provient du latin *imperium* qui signifie « pouvoir suprême ». Il nous renvoie notamment à l'Empire romain qui succède à la république de 27 avant J.-C. à 476 après J.-C. Il suppose un pouvoir centralisé, se déployant sur des peuples différents et détenu par un empereur.

Endor

Le nom de la planète où habitent les Ewoks rappelle celui donné aux Terres du Milieu dans *Le Seigneur des Anneaux*. Par ailleurs, dans sa guerre contre David, le roi Saul va consulter la sorcière d'Endor qui possède un talisman lui permettant de prévoir l'avenir (Premier Livre de Samuel, 28, 3–25).

Ewoks

Les ewoks connaissent un curieux parcours sémantique. Ils ne sont pas nommés comme tels dans *Le Retour du Jedi*. Leur dénomination apparaît dans les jeux, les séries animées et dans les mondes étendus. Ce nom résonne comme l'inversion de celui des Wookies.

Il fait également écho aux Miwok, un peuple qui vivait de chasse et de pêche au nord de la Californie, à San Rafael, où George Lucas a son ranch, le Skywalker ranch.

Geonosis

Le nom de la planète où sont « générés » les clones fait écho au latin *genesis* et au grec ancien qui signifie la genèse, la création.

Han Solo

Han est une forme archaïque anglaise de « John ». Hans est la forme allemande du prénom Jean (Johannes). Il se réfère également à la grande dynastie chinoise des Han (206 av. J.-C. – 220 après J.-C.).

Solo signifie « seul ». C'est bien en effet le pilote contrebandier solitaire. Cette solitude est à nuancer puisqu'il est accompagné de Chewbacca dont il est le seul à comprendre le langage – qui rejoint Luke à partir du *Retour du Jedi*. Son nom fait penser également à Lancelot, le chevalier qui se range aux côtés du roi Arthur.

Han Solo fait également référence au personnage de Napoleon Solo (Nash 1997) qui est l'un des deux héros de la série *The Man from UNCLE,* soit *Des agents très spéciaux*. Cette série créée par Norman Felton et Sam Rolfe a été diffusée de 1964 à 1968 sur NBC. Elle racontait les aventures de deux espions, l'américain Napoléon Solo (interprété par Robert Vaughn) et le géorgien Illya Kuryakin (David McCallum) qui travaillent pour le service du *United Network Command for Law and Enforcement* de New York, soit le *Commandement uni du réseau pour la loi et son application*. Cette unité combat le THRUST, une organisation criminelle internationale, puritaine et technologique.

Hoth

La planète glacée porte le nom d'un dieu. Il s'agit d'un dieu aveugle, appelé également Holder, régnant sur la nuit et les ténèbres dans la mythologie nordique. Induit par erreur par le fourbe Loki, fils de géant, il tue le plus aimé des dieux, Balder, en lui jetant la seule chose contre lequel celui n'est pas immunisé à savoir une branche de gui (Hamilton 2005).

Jabba The Hutt

Plusieurs approches se conjuguent pour remonter aux sources du nom de cette immonde créature crapuleuse. En anglais, *to jab* signifie « planter ou donner un coup » (de couteau). Il est intéressant de noter également que *to jabber* signifie « baragouiner, bafouiller » et évoque de ce fait le langage de Jabba.

Hutt signifie « la hutte » ou « le campement » (voire militaire) ce qui fait écho au décor crasseux dans lequel évolue la troupe de Jabba.

Il faut signaler également que d'un point de vue phonétique, en polonais et en russe, Jabba signifie exactement « grenouille ».

Jar Jar Binks

Les origines du nom du personnage le plus dénigré de la saga *Star Wars*, inspiré du personnage de Dingo, le chien gaffeur de Disney (HuffPost 2016) : « Je vais vous confier un secret. Le personnage (loufoque) de Jar Jar Binks est inspiré de Dingo, l'ami de Mickey » a ajouté le réalisateur mythique, déclenchant rires et ovation dans le centre de convention d'Anaheim (Californie), où se déroule le salon D23, organisé par Disney pour ses fans et la presse. Il en a la taille, la maladresse et la marche déhanchée. Tous ces traits lui seront violemment reprochés par de très nombreux fans d'ailleurs.

Il évoque également Donald Duck par la forme de son bec allongé, ses gaffes et son caractère irréfléchi. Déstabilisé, il émet les mêmes sons et effectue les mêmes mimiques que son célèbre référent du monde aviaire de Disney.

Les fans disent qu'il s'agit d'un nom inventé par le fils de George Lucas, ce qui n'est pas exclu. Le prénom Indiana du grand *Indiana Jones* ne provient-il pas d'ailleurs du nom du chien de Marcia Lucas… ?

Son personnage se veut être un hommage à l'humour burlesque et à Buster Keaton dont les gags ont largement inspiré ceux de Jar Jar. De nombreux sites Internet, dans lesquels il subit les pires sévices, ont été créés à son encontre depuis la sortie de *La Menace Fantôme*.

Kamino

Le nom de la planète experte en clonage à laquelle Darth Sidious commande son armée reprend le terme de *Kami* qui renvoie aux esprits divins à l'œuvre dans le shintoïsme en japonais et *No* qui signifie « de ». *Kami* signifie également le plus haut grade des *kokushi* qui étaient les anciens fonctionnaires de l'administration provinciale du Japon à partir du VIIIe siècle, ce qui peut représenter une piste intéressante.

Leia

Leia signifie celle qui porte le lien, la bonne étoile. Son prénom rappelle celui de la princesse qui est la sœur de l'élu dans *Dune* : Alia qui se prononce « A-Leia ».

Elle constituerait également un hommage à la princesse Dejah Thoris des romans du *Cycle de Mars* d'Edgar Rice Burroughs (Melissa 2014) et à Lady Galadriel chez Tolkien (Nash 1997) : « La Princesse Leia Organa (Carrie Fisher) a des tresses enroulées qui ressemblent à des petits pains, mais son nom évoque la belle princesse Dejah Thoris dans le John Carter de contes Mars de Edgar Rice Burroughs, ainsi que Lady Galadriel de Lothlorien du *Seigneur des Anneaux* de J.R.R. Tolkien ».

Luke

Le prénom de celui qui doit rétablir l'équilibre de la Force puise ses sources dans les origines latines de *lux* soit la lumière, de Saint-Luc, l'un des quatre évangélistes. Il fait écho à Lucas, le prénom latin qui est, de façon « surprenante », le nom de famille de George Lucas.

Les origines latines de Lucas ramènent à *lux* soit la lumière, qui se rattache au grec *leukos*, qui signifie blanc et brillant. On pourrait en conclure que la tenue blanche de Luke va dans ce sens. Cependant le blanc des vêtements que porte Luke est souvent usé, fatigué, au contraire du blanc, métallique, rutilant des clones des forces du mal ou des armées de l'Empire. Le terme de lumière reste, en revanche tout à fait approprié : lumière du sabre laser, lumière de la Force.

L'évangéliste Saint-Luc est le troisième évangéliste de Jésus-Christ et des actes des apôtres. Du grec ancien, *Loukas*, il est le disciple de Saint-Paul. Il est médecin au début de sa vie. Il accompagne Saint-Paul jusqu'à sa mort à Rome en 67. Dante écrit « Il est le scribe de la miséricorde du Christ ». Sa « miséricorde » lui permette-elle justement de sauver son père ?

Et, enfin, la référence à *lux,* à celle du cinéma, à celle des frères Lumières ne peut laisser insensible. George Lucas, passionné de cinéma, celui qui a voulu dépasser la portée de sa lumière jusqu'au numérique, porte ce nom prédestiné. Il n'est pas interdit de penser que de façon voulue ou non, le héros Skywalker ne pouvait que s'appeler Luke.

Midichlorien

Il s'inspire de « mitochondrie » qui provient du grec *mitos* qui signifie « fil » et *chondros* « grain ». Leur rôle physiologique est essentiel, car ces organites participent à la création de l'énergie dans les cellules organiques.

Mustafar

Il s'apparente au prénom arabe *Mustafa*, qui signifie l'élu, le prédestiné et qui fait partie des 201 prénoms de Mahomet.

Naboo

Nabû est le dieu mésopotamien du savoir et de l'écriture. Il apparaît en Mésopotamie du Sud au début du IIe millénaire avant J.-C., mais il est déjà présent antérieurement, en Syrie, à Elba. Il devient très populaire.

Obi-Wan Kenobi

Les interprétations sont multiples, c'est sans doute le nom qui, avec celui d'Anakin, en propose le plus, notamment aux yeux des fans.

Vivant dans le désert, dans *Le Nouvel Espoir*, le tout début de *Star Wars*, il garde l'allure traditionnelle du mystique errant. De très nombreux jeux de mots renforcent la portée mystique de son nom d'ailleurs : « Tout d'abord, "You be one, can you be?" question d'homophonie anglaise qui se traduit par : "tu es un, peux-tu l'être ?" L'interprétation avec l'unité androgynique est claire : "et le deux deviendront un et c'est un grand mystère" dit la *Bible*. »

Il y a aussi les trois premières lettres : *Obi* pour « obéit ». Le prénom *d'Obi-Wan* est *Ben*, en référence au terme de « fils de... ».

En japonais, le *obi* est une ceinture traditionnelle et *ken* signifie « le sabre ».

Padawan

C'est le titre de l'apprenti *Jedi*. En sanskrit, *pada-wan* signifie « un pas dans la forêt ».

Peuple de sable (Sand People)

Il fait écho aux Fremen, le peuple de sable dans *Dune* de Frank Herbert.

Padmé

En sanskrit, signifie le lotus, la fleur et le principe féminin. *Om Mani Padme Um* est un célèbre mantra issu du bouddhisme qui se traduit par : « Om la source ; Mani le cristal, le principe masculin ; Padme le lotus, la fleur, le principe féminin ; Hum, le cœur, l'unité ».

Palpatine

Le nom vient du latin *palpare*, signifiant « palper », « flatter » et *tinea*, qui est la racine latine de « vermine », « teigne » : la traduction littérale de l'Empereur Palpatine serait « celui qui force à aller toucher la vermine ».

Par ailleurs, il renvoie également à l'une des sept collines de Rome, celle du Palatin (*Palatinum* en latin, *Palatino* en italien traduit en anglais par *Palatine*) qui est au centre de la Rome Antique, où résidaient les empereurs. Il a d'ailleurs donné le mot « palais ».

Un sénateur Palantine, Charles Palantine, œuvre également dans *Taxi Driver* (1976) de Martin Scorcèse qui est un ami de George Lucas.

En outre, le mot empereur est issu d'*imperare* qui signifie : « prendre des mesures pour qu'une chose se fasse », « forcer à produire ».

Qui-Gon Jinn

Le *qi gong*, *chi gong* ou *chi kung* est une gymnastique traditionnelle chinoise et une science de la respiration qui est fondée sur la connaissance et la maîtrise de l'énergie vitale. Elle associe des mouvements lents, des exercices respiratoires et la concentration. Le terme signifie littéralement « exercice (*gong*) relatif au *chi* », ou « maîtrise de l'énergie vitale ».

Dans les contes arabes, les *jinns* ou *djinns* sont des créatures surnaturelles issues de croyances de traditions sémitiques. Le plus souvent invisibles, ils peuvent prendre toutes sortes de formes et ont la capacité d'influencer, voire de posséder l'esprit humain.

R2-D2

Le nom du droïde, qui est l'un des plus importants héros de *Star Wars* proviendrait de sources de technique audiovisuelle (Kyle 2014) : « R2-D2 ? Lors du montage du mixage sonore pour *American Graffiti*, Walter Murch et Lucas ont travaillé avec des boîtes de ruban identifiées soit comme bobine (R) ou le dialogue (D) et ont également été comptés. Lorsque Murch a appelé, "je dois R2, D2", tout le monde a ri. Lucas a pensé que l'expression était drôle et il a écrit dans son carnet. »

Il s'agit donc, officiellement, de l'abréviation de *Reel 2 – Dialog 2*, soit : « Bobine 2 – Dialogue 2 » qu'aurait utilisé un ingénieur du son sur le montage d'*American Graffiti*.

En fait, que le nom du droïde au langage constitué de sons électroniques incompréhensibles, sinon pour son compagnon androïde, C-3PO, qui parle six millions de langues, puis de Luke Skywalker et Anakin, relève des techniques sonores, ne semble pas surprenant.

Sith

Les origines probables de ce nom remonteraient aux légendes celtiques qui parlent des *Aes sidhe* d'où proviendrait le terme de Sith. On parle d'eux comme des divinités cruelles vivant dans les régions gaéliques.

« Le *aos sí* ou *aes sídhe* (irlandais : "habitant du sidh") est un peuple ou un être surnaturel lié à la mythologie celtique des Gaëls, plus ou moins confondu avec les divinités *Tuatha Dé Danann* dans la littérature gaélique médiévale. Dès le Moyen-Âge, les légendes et croyances envers ces êtres sont très importantes dans les régions gaéliques (île d'Irlande, île de Man, Écosse). »

Leur cruauté et leur côté maléfique reviennent régulièrement dans de nombreux écrits.

Skywalker

Sky-Walker est le nom de famille des héros de *Star Wars,* soit Shmi, Anakin, Luke et Leia, ce qui veut dire, littéralement : marcheur du ciel.

C'est également l'un des surnoms donnés au dieu nordique Loki. Celui-ci était, plus précisément, le fils d'un géant et « semait le malheur partout où il passait » (Hamilton 2005), entraînant les dieux dans des dangers et des malheurs (Gylfaginning, 33) : « Loki est beau et splendide d'apparence, mauvais de caractère, très changeant dans son comportement. Plus que les autres êtres, il possédait cette sagesse qui est appelée rouerie, ainsi que les ruses permettant d'accomplir toutes choses. Il mettait constamment les dieux dans les plus grandes difficultés, mais il les tirait souvent d'affaire à l'aide de subterfuges. »

Cependant, il avait la protection d'Odin – le père céleste, Zeus nordique – avec lequel il avait échangé un serment qui les faisait frères.

En spiritualité indienne, un *daka* ou une *dakini* est un être redoutable qui « se meut dans le ciel ». Les *dakinis*, plus particulièrement, jouent un rôle crucial dans le tantrisme du bouddhisme Vajrayana.

Loki est repris dans de nombreux romans de fantasy et de Bande dessinée, notamment chez Marvel Comics à partir de 1949, dans des films, des séries télévisées et dans de nombreux jeux vidéo. Cette puissance, qui peut être maligne, portant la discorde, est à rapprocher du premier nom initialement donné aux héros dans la première version du scénario : *Star-Killer* soit littéralement : tueur d'étoiles.

Shmi Skywalker

Les origines du nom de la mère d'Anakin conduisent à la déesse hindoue, Lakshmi qui est l'épouse du grand dieu protecteur Vishnou. Elle est porteuse des plus grandes bénédictions : la fortune, la richesse et l'abondance.

Tatooine

Tataouine est une ville située dans le désert du Sud-Est tunisien, situé à 530 kms de Tunis, où ont été tournés de nombreux passages du *Nouvel Espoir* et de *La Menace Fantôme*. Le nom est connu comme « La Porte du Désert ». Il signifie en berbère « la source d'eau ».

Wookiee

Le nom vient probablement du premier film de George Lucas, *THX 11:38*, où l'on peut entendre quelqu'un prononcer dans une radio la phrase « I think I ran over a wookiee on the expressway : je pense que je suis tombé sur un Wookiee sur l'autoroute ». L'interprétation reste néanmoins toujours hasardeuse, mais le hasard fait partie des interprétations.

Biographie

Cette biographie n'a pas pour objectif d'être celle de George Lucas, mais celle de son parcours précédant et accompagnant la création de *Star Wars*. Elle n'est donc pas exhaustive, de ce point de vue.

14 mai 1944

Naissance de George Walton Lucas, fils de Dorothy et George Senior à Modesto (Californie), ville de 20.000 habitants. Il a trois sœurs.

1950

Déménagement dans un ranch près de Modesto.

12 juin 1962

Très grave accident de voiture causé par un camarade de classe, Franck Ferreira qui cherche à le doubler : deux jours de coma et deux semaines à l'hôpital. George Lucas renonce à la course automobile.

1964

Après des hésitations sur la voie à suivre, il intègre USC (University of Southern California) dans l'école de cinéma qui est la première du genre aux USA et a déjà 35 ans d'existence.

1965

Premier travail d'étudiant, un documentaire fait de montage de photos du magazine *Life* autour de la guerre du

Vietnam : *Look at Life* (1 min) primé plusieurs fois.

Freiheit, (3 min) qui raconte la tentative de fuite d'un jeune Allemand de l'Est en direction de la zone Ouest et sa mort dans son combat pour la liberté : « Bien sûr que la liberté vaut que l'on meurt pour elle. Car sans la liberté, nous sommes morts. »

1966

Herbie : un premier film expérimental qui allie des plans nocturnes de lumières renvoyées par des carrosseries de voiture et au début et la fin du film, la musique est de Herbie Hancock.

1 : 42.08 (7,30 min) est un documentaire en couleurs en 16 mm sur le pilote automobile Pete Brock et ses essais sur la Lotus 23 jaune.

George Lucas est diplômé d'USC et se destine à une carrière de documentariste et/ou cameraman.

Il est déclaré inapte au service militaire pour un léger diabète.

Entre comme cameraman pour le concepteur graphiste, Saul Bass qui fût le conseiller visuel d'Alfred Hitchcock.

George Lucas entame un court troisième cycle à l'USC.

1967

THX 1138 4EB : George Lucas développe un premier scénario *Break Out* qui expose la fuite d'un homme dans un espace fermé et futuriste et sa tentative désespérée qui se solde par une sortie en pleine lumière et le commentaire suivant : « J'ai le regret de vous informer que votre compagnon, THX 1138 s'est détruit à 4.52.39. Les autorités ont tout fait pour empêcher cette tragédie. Je suis vraiment désolé. »

Anyone lived in a pretty (how) town (6 minutes), en couleurs et en 32 mm, basé sur un poème de Cummings, abstrait.

The Emperor, documentaire en 16 mm et en noir et blanc, raconte une journée de la vie d'un animateur de radio, disc-jockey, Bob Hudson, très populaire en Californie du Sud : « le film étudie le décalage entre les fantasmes que suscitent la radio et la réalité.. » ; « La radio est un fantasme – Bob Hudson ».

6.18.67 (4,3 minutes), documentaire en 16 mm et en noir et blanc, raconte, d'une façon très détachée, le tournage du film *Mackenna's Gold* dont le tournage s'est fini le 18 juin 1967 : « Le soleil se couche et le cycle naturel se poursuit, indifférent à l'agitation de l'équipe de cinéastes qui grouille au fond de la vallée comme une cohorte de fourmis. »

Sur sélection de l'USC, il obtient la bourse commémorative Samuel Warner qui lui permet de travailler 6 mois à la Warner. Il rencontre le jeune Francis Ford Coppola (UCLA), de 5 ans son aîné, qui peine également dans les studios vides et travaille sur *Finian's Rainbow* : « Je l'aidais du mieux que je pouvais, raconte-t-il. Nous étions tous les deux jeunes et nous portions tous les deux la barbe, alors que le reste de l'équipe de tournage avait au moins cinquante ans. »

1968

Francis Coppola obtient une bourse de la Warner Bros pour le tournage des *Gens de La Pluie*, à travers le Nebraska, tout en aidant George Lucas, qui l'accompagne comme assistant, à travailler sur son propre film, *THX 1138*. Lucas réalise également un documentaire sur le tournage du film de Coppola : *Filmmaker*.

Création du studio indépendant : Zoetrope production, inspiré par la société de production indépendante danoise Lanterna Films. Le nom de la société fait référence au « zootrope », jouet optique, inventé en 1834 par Horner et Stampfer, fondé sur la persistance rétinienne et donne l'impression du mouvement des images. La société est basée dans le centre-ville de San Francisco : « Nous ne voulions pas tomber dans le système corporatif oppressant qui sévissait de plus en plus dans la tradition hollywoodienne. » George Lucas en est le vice-président.

Travail et retravail de réécriture pour convaincre les studios de financer *THX 1138*.

La Warner prête 300 000 $ à Zoetrope pour la logistique et offre 300 000 $ pour *THX 1138* et d'autres projets dont un film sur la guerre du Vietnam, *Apocalypse Now*, idée sur laquelle a travaillé Lucas à USC.

THX 1138 devient un long métrage, avec un budget de 777 777,77 $. Robert Duvall, que George Lucas a rencontré pendant le tournage des *Gens de la Pluie* a le rôle principal : « C'est un film du futur plutôt qu'un film sur le futur… »

George Lucas travaille sur un projet de film *Warm and fuzzy* en parallèle, autour de la drague des jeunes en voiture et d'une époque révolue qui conduit, plus tard, à *American Graffiti*.

1970

THX 1138 est refusé par les studios. Le film est retiré à la direction de George Lucas et le nouveau montage est assuré par Rudi Fehr (Warner). Cependant c'est Lalo Schiffrin qui travaille sur la musique et celui-ci compose une musique à la hauteur de la complexité du film : « Les intrigues ne sont qu'un artifice permettant d'articuler des thèmes… » : vieux débat.

Les studios se retirent de la production et demandent le remboursement du prêt fait à Zoetrope. La Paramount propose à Coppola, très endetté, de travailler sur le roman noir de Mario Puzzo, publié en 1969 : *The Godfather* soit *Le Parrain*. Le film sortira le 15 mars 1972.

George Lucas crée Lucasfilm Ltd. et retravaille sur *American Graffiti*.

1971

Sortie discrète de *THX 1138*. Certaines critiques sont très positives, d'autres ne comprennent pas. Le film est un échec commercial : « Faire des films est un art. Vendre des films n'est que du commerce… L'ennui, c'est que ces gens-là ne savent même pas vendre les films » dit Lucas. Il va décider de changer de mode narratif et traverse une période financière très dure tout en s'accrochant à ses propres projets.

THX 1138 est sélectionné à La Quinzaine des Réalisateurs au Festival de Cannes. George Lucas tire toujours le diable par la queue, mais se rend à Cannes, en dormant dans un camping avec son coscénariste, Walter Murch. Dans ce cadre, Lucas rencontre David Picker, président de United Artists qui lui propose 2 000 $ pour développer *American Graffiti*.

1972

Au vu du coût des licences représentant les 75 chansons du film, United Artists refuse de produire *American Graffiti*.

Encore sous le succès d'*Easy Rider*, Universal, dirigé par Lew Wasserman, accepte de produire le film à condition que le budget soit inférieur à 1 M$ et qu'une célébrité cautionne le film. George Lucas obtient 775 000 $.

Le Parrain sort les écrans et rencontre un immense succès. Francis Ford Coppola accepte d'être le producteur *American Graffiti* et le cautionne.

28 janvier 1973

Première projection du film et excellent accueil du public. Le studio reste réservé en revanche et souhaite un autre montage qui se réduit à 4 minutes et demie de scènes coupées. Il veut sortir le film à la télévision.

1er août 1973

Sortie du film en salles après un gros travail de lobbying. Le film est un immense succès avec des bénéfices bruts de 118 M$ à travers le monde. Le succès critique est mitigé.

Lucas devient millionnaire. Il décide de travailler sur *Star Wars* : « L'idée était de façonner un mythe moderne (...). Les westerns étaient notre dernier genre mythologique moderne, mais ils avaient disparu vers la fin des années 1950, et rien ne les avait remplacés. »

20 août 1973

Après de multiples rencontres et discussions, George Lucas signe avec la Fox pour la production du premier *Star Wars* avec un budget de 3 M$, mais comprenant les droits sur des suites éventuelles et sur les produits dérivés.

1974

George Lucas achète une propriété à San Anselmo en Californie qui devient un mini-complexe de production pour son projet ainsi que ceux de certains de ses amis.

STAR WARS : Un nouvel espoir (Épisode IV : 1973-1977)

Juillet 1974

Première version du scénario d'après un travail que Lucas a commencé en 1972 : *Journal of the Whills*.

Janvier 1975

Deuxième version : *Aventures de Starkiller. Épisode 1 : La guerre des étoiles.*
Constitution progressive de la première équipe.
Création de la société d'effets spéciaux Light & Magic au nord-ouest de Los Angeles dans un entrepôt, dirigé par John Dykstra.

Novembre 1975

Début du casting à Los Angeles (Mark Hamill, Carrie Fisher, Harrisson Ford) et en Grande-Bretagne (Sir Alec Guinness, Peter Cushing, David Prowse, Peter Mayhew) où une partie du film sera tournée dans les studios Elstree, au nord-ouest de Londres.

Janvier 1976

Troisième version du scénario : *Les aventures de Starkiller,* d'après le *Journal of the Whills* – *Épisode 1 : La guerre des étoiles* qui commence par : « Il y a bien longtemps, dans une lointaine galaxie, se produisirent des événements extraordinaires... »

Mars 1976

Quatrième version du scénario.

22 mars 1976

Début du tournage à Tozeur (Tunisie). Celui- ci sera dur et compliqué et il en ira de même pendant tout le tournage du film (accidents, problèmes techniques, problèmes budgétaires, fatigue voir désintérêt de certains membres de l'équipe technique, tensions avec la Fox, etc.) en Grande-Bretagne, aux États-Unis et ailleurs.

Octobre 1976

Premier montage très approximatif montré à des professionnels, dont Steven Spielberg qui est l'un des rares à croire au film.

Janvier 1977

John Williams commence à travailler sur le film pour la réalisation de la musique voulue wagnérienne par George Lucas. Il enregistre avec le London Symphony Orchestra en mars.

1er mai 1977

Première projection publique au Northpoint Theater de San Francisco. Succès public.

Mai 1977

Première projection devant le conseil d'administration de la Fox qui, dans sa grande majorité, n'est pas du tout convaincu par le film.

25 Mai 1977

Star Wars sort uniquement, de ce fait, dans seulement trente-deux salles aux États-Unis. Le succès est délirant, les salles sont assiégées. Le profit financier est incroyable : 2,89 M$ en 7 jours.

Juin 1977

Il est projeté dans 350 salles dès la mi-juin. Il dépasse *Les Dents de la Mer* en recettes dès novembre et sa carrière se propage à l'international.

STAR WARS : L'Empire contre-attaque (Épisode V : 1978-1980)

1978

Lucas achète le terrain dans la vallée Lucas (!) de Nicasio et le ranch qui va donner naissance au Skywalker Ranch.

Pour rester indépendant, Lucas nantit tous ses biens pour financer le film. Le budget est de 18,5 M$. Le réalisateur est Irvin Kerchner.

Début à Londres du casting pour *L'Empire contre-attaque*, notamment pour l'interprétation de Yoda qui finalement est la voix de Frank Oz (*Muppet Show*) et un assemblage de marionnettes.

Mars 1979

Début du tournage très difficile à Finse, en Norvège (-26°). Début des tournages également aux studios à Elstree (Londres). Le budget passe à 22 M$, puis 25 M$, puis 28 M$

via un prêt bancaire.

Septembre 1979

Fin du tournage. Lucas cherche un distributeur qui accepte ses conditions pour produire, mais seulement distribuer *Indiana Jones*. La Paramount accepte pour un budget de 20 M$.

21 mai 1980

L'Empire contre-attaque sort en salle. Très grand succès.

23 juin 1980

Début du tournage des *Aventuriers de l'Arche perdue*. Fin du tournage en septembre.

12 juin 1981

Sortie en salle du film : 24 M$ de recettes aux États-Unis.

STAR WARS : Le Retour du Jedi
(Épisode V : 1982-1983)

Janvier 1982

Début du tournage du *Retour du Jedi* dans les studios d'Elstree. Le réalisateur est Richard Marquand, 42 ans (il meurt 7 ans plus tard). Le tournage se fait dans le secret, sous un faux nom de film : *Blue Harvest – Horror beyond imagination*.

Avril 1983

Début du tournage d'*Indiana Jones et le temple maudit* (28 M$).

25 mai 1983

Sortie du *Retour du Jedi* en salles : 309 M$ de recettes aux États-Unis.

1983 – 1997

Nombreuses productions : déclinaison pour la TV, notamment ABC des *Ewoks*, et d'autres séries télévisées ; production de nombreux films dont *Willow* (1986-1988) qui utilise le morphing pour la première fois de façon spectaculaire (scène des étapes de la transformation de fin de Raziel).

Mai 1988

Début du tournage de *La Dernière Croisade* (36 M$).

Mai 1989

Sortie du film, *La Dernière Croisade*, en salles : 197,2 M$ de recettes aux États-Unis.

1995

George Lucas recommence à travailler sur les scénarios de la deuxième trilogie *Star Wars*, qui va constituer la « prélogie », soit les épisodes qui fondent le passé des héros : « The beginning ».

Il y aura cinq versions du scénario entre 1995 et 1997.

1997

31 janvier, 21 février, 14 mars : *Star Wars, Édition spéciale remastérisée,* avec des scènes rajoutées ou retravaillées sort en salle. C'est un immense succès, mais la polémique sur les scènes retravaillées commence, par exemple sur la première scène d'introduction de Han Solo dans *Le Nouvel Espoir*.

STAR WARS : *La Menace Fantôme*
(Épisode I : 1997-1999)

George Lucas annonce qu'il dirigera lui-même la réalisation des trois films à venir (Hearn 2005) : « Même si je voulais que les deux derniers films soient réalisés par d'autres, je me suis trouvé toujours présent sur le plateau, travaillant comme si c'était moi qui réalisais rapporte-t-il en 1999. L'autre raison pour laquelle je voulais diriger la mise en scène du premier épisode, c'était que nous allions essayer des choses nouvelles ; et, pour être franc, je ne savais pas vraiment comment nous allions nous y prendre... »

Le budget estimé à 70 M$ sera de 115 M$ au final. George Lucas engage ses propres fonds.

26 juin 1997

Le tournage démarre en Grande-Bretagne aux studios de Leavesden, bien plus grands que ceux d'Elstree où a déjà été tourné le *James Bond Goldeneye* en 1995.

19 mai 1999

Sortie du film. Les recettes dépassent, au final, aux États-Unis, 431 M$, soit derrière *Titanic* (1997), *La Guerre des étoiles* (1977, 1997) et *E.T.* (1982). Au niveau mondial, avec 926 M$, le film se place juste derrière *Titanic*.

STAR WARS : *L'attaque des clones*
(Épisode II : 1999-2002)

Juin 1999

George Lucas travaille sur l'épisode 2 : *Jar Jar Great Adventure* qui deviendra *L'Attaque des clones*. Le film sera tourné entièrement en format numérique à haute définition, le 24-P.

26 juin 2000

Début du tournage qui s'effectue en Australie, dans les studios de la Fox.

16 mai 2002

Sortie du film en salles. Le film réalise aux États-Unis 302 M$ et 648 M$ au niveau mondial.

STAR WARS : La revanche des Sith
(Épisode III : 2002-2005)

Août 2002

Lucas travaille sur le dernier épisode, *La Revanche des Sith*.

Juin 2003

Début du tournage en Australie, à Sydney, dans les studios de la Fox.

2004

Restauration et sortie du Director's cut de *THX 1138*.

19 mai 2005

Sortie en salles de *La Revanche des Sith*.

« *La Revanche des Sith* est le dernier film de *Star Wars*. À la fin du *Retour du Jedi*, la république est restaurée et *Darth Vader* est racheté. Cela aura pris beaucoup de temps, mais *Anakin* aura finalement accompli la prophétie qui attendait de lui qu'il détruise *les Sith* et ramène l'équilibre dans la Force. Pour moi, il n'y a pas d'autre histoire à raconter sous la forme d'un film après cela. » – George Lucas, mai 2005.

30 octobre 2012

George Lucas vend à Walt Disney la société Lucasfilm

comprenant la licence *Star Wars*, et les studios de production pour plus de 4 Mds $. En 1986, il avait déjà vendu à Steve Jobs (Apple) le studio d'animation Pixar que Walt Disney Company rachète en 2006.

16 décembre 2015

Star Wars VII – Le Réveil de la Force, réalisé par J. J. Abrams, le réalisateur, notamment, de *Star Trek – Into Darkness, Mission Impossible 3*, sort sur les écrans. La sortie mondiale est en France. Une semaine avant 300.000 billets sont prévendus.

Le film effectue un démarrage foudroyant avec 1Md $ de recettes en 12 jours d'exploitation mondiale (hors Chine où le film sort en 2106).

Si la communauté des fans historiques est partagée, il représentera le 3ᵉ plus gros succès mondial de l'histoire du cinéma derrière *Avatar* et *Titanic* de James Cameron avec 2 Mds $ de recettes pour un budget de 300 M$.

10 décembre 2016

Rogue One : À Star Wars Story, film dérivé de la saga Star Wars (spin-off) réalisé par Gareth Edwards, qui conte les événements survenus avant *Star Wars* autour des projets de construction de l'Étoile Noire, rencontre un vif succès et une bonne reconnaissance critique.

Il engrange 1 Md $ pour 255 M$ de budget et se positionne comme le 2ᵉ plus gros succès de la franchise derrière *Rogue One* et devant *La Menace Fantôme*.

La franchise *Star Wars* devient la 3ᵉ franchise la plus rentable au monde avec 7,5 Mds $ de recettes contre *James Bond* (7,04 Mds $), mais derrière *Harry Potter* (8,5 Mds $) et *Marvel* (10,9 Mds $) que Disney a racheté en 2009 pour 4 Mds $.

9 Novembre 2017

Disney, par la voix de son PDG Bob Iger, annonce la

production d'une nouvelle trilogie avec de nouveaux personnages qui ne s'inscrivent plus dans la saga de la famille Skywalker. Les possibilités d'exploration de nouveaux univers de la l'univers *Star Wars* sont infinies, selon Kathleen Kennedy : « *En ce moment, on réfléchit aux dix prochaines années de Star Wars et on regarde où on pourrait aller en termes de narration.* » qui s'exprime de la sorte dans le cadre du très officiel Star Wars Show.

Rian Johnson est aux commandes du 1er film. Il a déjà réalisé *Les Derniers Jedi*, sans rencontrer de problèmes avec la direction Disney et ce contrairement à Colin Trevorrow sur *Les Derniers Jedi* ou Phil Lord et Chris Miller sur le spin off sur Han Solo qui ont tous les trois été virés.

13 Décembre 2017

Les Derniers Jedi, réalisé par Rian Johnson, est attendu sur les écrans. Dores et déjà les produits dérivés vont bon train.

Mai 2018

La sortie du spin-off consacré à Han Solo, *Solo : A Star Wars Story* est annoncée.

Décembre 2018, 2019, 2020, 2021, 2022…

Références

Anderson, D., 2009. *The film music of John Williams, Sound and Music in Film and Visual Media. A Critical Overview*, Londres : Continuum, 470.

Angiboust, S., 2006. Star Wars, une « abstraction figurative », *Star Wars, Le Rebelle et l'Empereur*, Paris : Ellipses, 70, 78.

Anonymous, 2014. boards.theforce.net/threads/sw-costumes-concepts-and-designs-note-image-heavy-may-contain-ep-vii-spoilers.50024351

Anonymous, 2016. www.anakinworld.com/encyclopedie/darth

Apollinaire, G., 1913. Les Sept Épées, *Alcools*, Paris : Mercure.

Astore, W., 2012. Why Rebels Triumph : How « Insignificant » Rebellions Can Change History, *Star Wars & History*, N. Reagin and J. Lied, Hoboken : John Wiley & Sons, 9.

Badiou, A., *et. al*, 2004. *Matrix, machine philosophique*, Paris : Ellipses, 15.

Bailyn, B. 2010. *Les origines idéologiques de la révolution américaine*, Paris : Belin, 75.

Baudelaire, C., 1857. Une charogne, *Les Fleurs du Mal – Spleen et idéal*.

Bettelheim, B., 2008. *Psychanalyse des contes de fées*, Paris : Pocket, 60–66.

Brennan, K., 2006. *Star Wars Origins*,
www.moongadget.com/origins/dune.html

Campbell, J., 2010. *Le héros aux mille et un visages*, Oxus-Piktos,
Esqualuens, 37, 58, 162, 24.

Castanedo, C., 1984. *L'herbe du diable et la petite fumée*, Paris :
Christian Bourgeois, 53.

Chevalier, M., 2012. www.linternaute.com/livre/bd-
manga/jean-claude-mezieres-interview-jean-claude-
mezieres/une-histoire-de-plagiat.shtml

Druon, M., 1970. *Les Rois maudits, Tome 1 : Le Roi de Fer*,
Paris : Livre de Poche.

Eco, U., 1993. *De Superman au Surhomme*, Paris : Biblio essais,
36–37.

Garcia, C., 2015. Force et faiblesse d'un mythe, Star Wars,
Le mythe tu comprendras, *Philosophie magazine*, hors série
n. 27, 61.

Genette, G., 1985. *Palimpseste, La littérature au second degré*,
Paris : Le Seuil, 14.

Gorgievsky, S., 2002. *Le Mythe d'Arthur, de l'imaginaire à la
culture de masse*, Belgique, Éditions du Céfal, 50.

Gric, 2008. gric-international.org/2006/dossiers/espaces-
sacres/la-caverne-entre-symbolique-universelle-et-
imaginaire-soufi/

Grimm, 1812. *Der Froschkönig oder der eiserne Heinrich, Kinder-
und Hausmärchen*, n. KHM 1.

Hamilton, E., 2005. *La mythologie, ses héros, ses légendes*, Paris :
Marabout, 207, 87, 108–109, 407.

Hearn, M., 2005. *Le cinéma de George Lucas*, Paris : La
Martinière, 45, 107, 194.

Heilemann, M., 2015. *The origins of Star Wars*, kitbashed.com

Heudin, J.-C., 2008. *Les créatures artificielle*s, Paris : Odile Jacob.

Heudin, J.-C., 2013. *Les trois lois de la robotique, faut-il avoir peur des robots ?*, Paris : Science eBook.

Heudin, J.-C., 2015. *Les robots dans Star Wars*, Paris : Science-eBook, 46–48, 26–27, 65–77.

Housseau, E., 2006. Un rêve éveillé : du rêve au mythe dans les décors de Star Wars, *Star Wars, Le Rebelle et l'Empereur*, Paris : Ellipses, 130.

Horton, S., 2005. *Star Wars and the American Empire*, http://www.antiwar.com/horton/?articleid=6041

Hufpost, 2016. *Star Wars : George Lucas avoue s'être inspiré de Dingo pour créer Jar Jar Binks*, www.huffingtonpost.fr/2015/08/15/star-wars-george-lucas-dingo-jar-jar-binks_n_7991338.html

Huyhn, M., Duclos-Grenet, P., 2011. *L'épée – Usages, Mythes et Symboles*, Dossier enseignants, Paris : Musée de Cluny.

Jullier, L., 2010. *Star Wars, anatomie d'une saga*, Paris : Armand Collin, 147–151, 117, 90, 63.

Kott, J., 2009. *Shakespeare notre contemporain*, Paris : Petite bibliothèque Payot, 54.

Kurosawa, A., 1958. *Kakushi-toride no san-akunin* , The Hidden Fortress.

Kyle, S., 2014. *How Star Wars was secretly George Lucas Vietnam protest*, nypost.com/2014/09/21/how-star-wars-was-secretly-george-lucas-protest-of-vietnam

Labrousse, F., Shall, F., 2007. *Il était une fois La Guerre des étoiles : La Galaxie de George Lucas*, Paris : Dark Star.

Lavis, A., 2015. Des chevaliers venus d'Orient, Le mythe tu comprendras, *Philosophie magazine*, hors série n. 27, 49.

Lecomte, E., 2015.

www.sciencesetavenir.fr/decryptage/20141001.OBS0794
/star-wars-les-batailles-spatiales-au-crible-de-la-
physique.html

Legros, M., 2015. Le sénateur Palpatine contre George
Washington, Star Wars, le mythe tu comprendras,
Philosophie magazine, hors série, n. 27, 87.

Lehoucq, R., 2004. *Comment faire de la physique avec Star Wars*,
Youtube, conférence du 7/05/2004.

Luceno, J., 2012. *Dark Plagueis*, Paris : Pocket.

Mallenbaum, C., 2015. *George Lucas explains why Han Solo did
not shoot first*,
www.usatoday.com/story/life/entertainthis/2015/11/30
/george-lucas-star-wars-han-solo/76592218/

Melissa, 2014. *Origins of the Jedi*,
http://www.todayifoundout.com/index.php/2014/09/o
rigins-jedi-star-wars-stuff/

Mollard-Destour, A., 2013. *Le bleu – Le dictionnaire des mots et
expressions de couleur au XXe–XXIe siècles*, Paris : CNRS
Éditions.

Nash, E., 1997. *The names came from Earth*,
http://www.nytimes.com/1997/01/26/movies/the-
names-came-from-earth.html

Nitobe, I., 2010. *Bushido, l'âme du Japon*, 8e édition, Paris :
Budo, 7, 33, 105.

Perreault, C., 2012. *Kubrick et Lucas : fans de Lipsett*,
blogue.onf.ca/blogue/2012/09/12/kubrick-et-lucas-
fans-de-lipsett/

Propp, V., 1928. *Morphologie du conte*, Paris : Points (1970).

Rougement (de), D., 1939. *L'Amour et l'Occident*, Paris :
10/18.

Schneider, M., 2003. L'effroi du désir, *Faust ou la mélancolie du savoir,* J.-Y. Masson, Paris : Desjonquère.

Shelley, M., 1817. *Frankenstein ou le Prométhée moderne,* édition spéciale du bicentenaire, Paris : Science eBook.

Siejka, M., 2015. *Morphogénèse du héros dans les séries policières américaines (1968-2008),* Thèse de doctorat Paris-Saclay.

Stevens, J., 2002. *Secrets de Budo, Enseignements de Maître d'Arts Martiaux,* Paris : Guy Trédaniel, 10, 20–21.

Tohei, K., 1977. *Le Ki dans la vie quotidienne,* Paris : Guy Trédaniel, 18.

Traub, B., 2012. *Star Wars Episode I : Le Guide de l'Univers,* www.allocine.fr/article/dossiers/cinema/dossier-18591782

Wilhelm, 1951. archive.org/details/WilhelmScreamSample

Young, B., 2014. *The cinema behind Star Wars : Metropolis,* www.starwars.com/news/the-cinema-behind-star-wars-metropolis

Retrouvez l'auteur sur :

www.facebook.com/monika.siejka.980

twitter : @MonikaSiejka

© Science-eBook, Novembre 2017
http://www.science-ebook.com
ISBN 978-2-37743-007-9
Printed by CreateSpace